JN067140
全力回
KAIHI
ZENRY
FLAG

破滅フラグ、登場！
「ふん、なれ合っちゃってさ」
「ぼくは、死神No.270。
役割は『破滅フラグ』さ」
破滅フラグ
HAMETSU FLAG
死神No.270。
神様が連れてきた新しい死神。

失恋フラグ
SHITSUREN FLAG
死神No.51。
モブ男を巡って
フラグちゃんは恋のライバル。
恋愛フラグ
RENAI FLAG
天使No.51。
イタズラが大好きで
天界のトラブルメーカー。
死亡フラグちゃん
SHIBOU FLAGCHAN
死神No.269。
落ちこぼれの死神。
モブ男に恋をしている。
生存フラグ
SEIZON FLAG
天使No.11。
根は優しいがドSで
素直になれない。

破滅フラグ、生存フラグと
中身が入れ替わってしまう…！

「どうしたの、せーちゃん……あ、鼻血が出てる」
「え、嘘……じゃろ」

「ウチは天使No.7！
ラッキーセブンってことで
『強運』の天使だよ！」
ナナ
NANA
死神No.7。
誰をも笑顔にしてしまう
明るい性格をした天使。

生存フラグの過去
「こんなにガッチガチじゃ、
フラグなんか回収できないもん。
ほーら笑って～」
「放ひてくらはい……」
「だーめ！
笑顔になるまで放さない」
「……う……うへっ、
うへ……っ」

CONTENTS

全力回避フラグちゃん! 6

壱日千次
原作：Plott、biki

MF文庫J

口絵・本文イラスト●さとうぽて

プロローグ

『人間界』のはるか上空に存在する、天界。

そこにそびえ立つ宮殿では『死神』や『天使』がそれぞれ『死亡フラグ』や『生存フラグ』などを回収している。

最も優秀な死神『死神No.1』は、天界の最高指導者『神様』を強く想っていた。

ゆえに、神様から期待される死神No.269——フラグちゃんが許せなかった。

「どうして、あんな落ちこぼれが」

そのうえ神様は、No.1にこんな頼み事をしてきた。

『死神No.269のため、フラグ回収のトレーニングシステムを作ろうと思うんだ』

『その作成を、君にも手伝って欲しいんだよ』

それが怒りに油をそそぐ。

「許せない、№２６９」

ゆえに、様々な策謀をめぐらせた。

トレーニング用プログラム『モブ男（お）』にバグを仕込んだり、彼を『死亡フラグクラッシャー』にしたり。

極めつきが、先日起こした大事件だ。

仕込んでおいた『バグ』で、モブ男を粉々にしたのだ。

それだけに留（とど）まらず、失意のフラグちゃんと仲間に、モブ男を救う方法を教える。

危険な『仮想世界の深層』へと行かせ、亡き者にするために。

だがフラグちゃんと仲間たち、神様の奮闘で、モブ男は復活。

そしてモブ男は、天界であらゆるフラグを立てることで、仮想世界の深層から皆を救い出す。

№１は神様による拘束ののち、許された（恋愛フラグや、生存フラグにお仕置きを受けたりもしたが）。

一方、モブ男はプログラムから『人間№１』に生まれ変わる。

フラグ回収の『練習台（トレーナー）』という役割（ロール）も与えられ、天界に住むことになった。

新生活において、どんな騒動を巻き起こしていくのだろうか？

⚑落盤に巻き込まれたらどうなるのか？

とある国。

広大な砂漠の一角に、フェンスで囲まれた鉱山がある。

そこにさえない青年がいた。『モブ』という感じの特徴のない顔。薄汚い作業着に、ヘッドライトのついたヘルメット。

「俺の名はモブ男。ここで、金を掘り出す作業員をしている」

仕事は過酷きわまりない。

坑道を下って地下五百メートルまで行き、岩盤をドリルで掘る日々。落盤などの危険と隣り合わせだ。

だがそれも、もう少しの我慢だ。なぜなら――

「今日でこの仕事、やめてやるからな！」

「立ちました！」

小柄な可愛(かわい)らしい少女が現れた。『死亡』と書かれた小旗を振っている。

黒シャツにも『死亡』とプリントされており、ピコピコハンマーがついた大鎌を持っている。

　モブ男は笑顔を向けた。

「やあ、フラグちゃん」

　この子は死神№２６９――『死亡フラグ』。『キャラクターの死が濃厚になる行動』をした者の前に現れる死神だ。

　フラグちゃんはモブ男を、びしっと指さしてくる。

「危険な職業の人が『もうすぐ仕事やめる』と言うのは死亡フラグですよ！」

　定年前の警官や、軍人などが口走ったら、殉職するパターンが多い。

　フラグちゃんは、身長差三十㎝ほどもあるモブ男をみあげて、

「そもそも、仕事やめてどうするんですか」

「愚問だね。ニートだよ」

「愚かな人に、愚問と言われた……」

　フラグちゃんは、せつない顔になる。

　モブ男いわく、彼女のモブ美に、モテ男と浮気された末にフラれ、何もかも馬鹿馬鹿しくなったらしい。

「さて、最後の仕事はじめるか」

　モブ男は岩山に大きくあいた、坑道に入る。フラグちゃんもついていく。

中は真っ暗で、ヘッドライトの明かりだけが頼りだ。

坑道は螺旋状に地下へ伸びている。まるで怪物の体内に入っていくような不気味さだ。

空気も悪い。フラグちゃんは、口を小さな手で抑えながら、

「こんな暗いところ、迷わないんですか？」

「一本道だから、大丈夫だよ」

天井が崩落したら、閉じこめられそうなフラグを立てる。

「他の作業員の方々は？」

「仕事がキツすぎて、みな辞めちゃったよ。地上の事務所には、何人かいるけどね」

地下五百メートル地点に辿り着き、モブ男は掘削作業を開始した。

その時。


ビー！　ビー！　ビー！


天井に付けられた計器が、一斉に警告音を発する。

フラグちゃんは金色の瞳で周囲を見まわし、

「モブ男さん、これはまずいのでは」

「大丈夫だよ。きっと誤作動さ」

「立ちました！　警報を誤作動扱いするのは、死亡フラ……」

案の定、鉱山全体が大きく揺れた。砂や小石が雨のように降り注いでくる。

「いてて……げえっ⁉」

叫んだのは、頭上から大型トラックほどの岩が落ちてきたからだ。

このままいけば、フラグちゃんは死亡フラグを回収できるだろう。

「……！」

だが。

彼女はモブ男に体当たりし、弾き飛ばす。

「あ、ありがとう、フラグちゃん」

「ああ私また、モブ男さんを助けちゃった……！」

悔しげにうめくフラグちゃん。

彼女はあまりにも優しすぎ、死亡フラグの回収相手を助けてしまうことが多いのだ。

巨岩は、完全に坑道を塞いでいる。ここから地上に出るのは不可能だ。

しかもまだ揺れは続いている。さらなる崩落は時間の問題だ。

「落ちこんでる暇ないよ！　逃げようフラグちゃん！」

「あっ……」

モブ男はフラグちゃんをお姫様だっこし、坑道を下っていく。

■シェルター

しばらく坑道を駆け下り、地下約七百メートル地点まで来た。

ここは直径二十メートルほどの、ホール状になっている。

フラグちゃんはモブ男に降ろしてもらう。照れているのか、少し顔が赤い。

「モ、モブ男さん、ここは？」

「避難用シェルターだよ。ここで救助を待つしかない」

モブ男はスマホを見るが、むろん圏外だ。だが地上のスタッフが、救助を要請しているだろう。

シェルターの隅に木箱があった。その中身に、モブ男は目を輝かせる。

「お、非常食だ。桃の缶詰に、ビスケットか」

「少ないですが、節約すれば一週間はもちますね」

フラグちゃんは人差し指を立て、言い聞かせる。

「いつ救助がくるかわかりません、くれぐれも節約して……」

「もぐもぐムシャムシャ」

「って、言ったそばからぁー！」

モブ男は缶詰を次々にあけ、むさぼり食っている。

「ちょっと小腹がすいて」

「小腹レベルで、非常食がっつり食べちゃダメでしょ！」

案の定――

それからも、おやつや夜食で食べたため、あっという間に非常食は尽きた。

事故から三日目の昼、モブ男はうめいた。

「うう、腹減った……」

「無計画に食べまくるから」

「無計画？　とんでもない。俺にはこんなこと、織り込み済みだったのさ」

モブ男は大きく息を吸い、叫んだ。

「地上に出れたら、モブ美によりを戻してもらえるよう、百回ぐらい土下座しようかなあ！」

「立っちゃった！」

特徴的な容姿の、少女が現れた。

両目が別の色の、いわゆるオッドアイ。

ツインテールの髪も、真ん中から左右の色が違う。結び目にはヒビ割れが入ったハートの髪飾り。

着ているのはブラウスに、ショートパンツ型のサロペット。

死神№51。役割は『失恋フラグ』である。

フラグちゃんとは、モブ男を巡る恋のライバルだ。

「よりを戻すよう、しつこくするのは失恋フラグよ！……って、暗っ！　ここどこ？」

モブ男は経緯を説明する。

坑道が崩落して、脱出できなくなったこと。非常食が尽きたこと。

「というわけさ。失恋フラグちゃん、お腹空いたよー」

「なんて可哀想なモブくん！　アタシが、いっぱい食べさせてあげるからね！」

ヒモに泣きつかれた、都合のいい女のようである。

失恋フラグは、モブ男に背を向けた。ブラウスのファスナーを下ろし、胸にきつく巻いていたサラシをゆるめる。

ぼんっ、と、胸が膨らんだ。

巨乳がコンプレックスなため、普段は潰しているのだ。

そして――豊かな胸の谷間から、食材や包丁、カセットコンロなどの調理器具を出す。

ここには約一メートルもある巨大ハサミなど、様々な道具をしまっている。

失恋フラグはエプロンをつけながら、

「料理ができるまで、待っててねモブくん」

　フラグちゃんは『お手伝いします』と言おうとした。

「お手――」

「気持ちだけ受け取っておくわ」

　百人一首の達人のような速さで、断る失恋フラグ。

　フラグちゃんは料理が下手……という次元を越えて、ダークマターと呼ばれるほどの劇物を精製してしまうからだ。

　一時間ほどで、料理が完成した。

　霜降り肉のステーキ、北京ダック、フカヒレスープ、ビール、なんと寿司まである。現状にまったく似つかわしくない。

　モブ男は豚のようにむさぼり食う。

「むしゃむしゃバクバクジュルジュボボボボッ。うめぇぇぇー！　ゲェエ――――ップ!!」

「沢山食べるモブくん可愛い♥」

　モブ男に関する認知機能が壊れているので、うっとり頬を染める失恋フラグ。根が優しいので「ついでよ、ついで！」とフラグちゃんにも食べさせている。

「モブくん、他に何か欲しいものある？」

「作業着が泥だらけだし、着替えたいかな。あとゲームもしたい」

「わかったわ！」

シェルターは大きく様変わりした。

ウォークインクローゼット、キングサイズのベッド、ゲーム機。天井にはシャンデリアが輝き、あげくの果てにはパチンコ台すらある。電気は発電機でまかなっている。

モブ男はガウン姿で、ワインをがぶ飲みし、

「極楽極楽！　次は『人をダメにするソファー』が欲しいなー！」

「そのソファー使わずとも、元からダメな人ですよ……」

フラグちゃんは額に手を当てた。

そんなふうに二十日ほど、シェルターでヒモ生活を送っていると。

天井から、ガリガリと音が聞こえ始めた。どうやら地上からドリルで穴を掘り、モブ男を救出しようとしているらしい。

「よかったですね、モブ男さん」

ようやく訪れた救助の兆し。

普通の遭難者なら、狂喜乱舞するだろうが。

「ほーん、救助来たんだ。失恋フラグちゃん、次は霜降りステーキ三人前と、大トロにウニ乗せた寿司ちょうだい」

「あいよぉ！」

そして。

とうとうシェルターの天井に、直径十センチほどの縦穴があき、ドリルの先端が見えた。

そこにモブ男は『俺は生きている』と書いた布を巻き付ける。

ドリルが戻っていく。

しばらく経つと……

縦穴から黒いケーブルが落ちてきた。先端にはカメラがついている。

それをフラグちゃんは、小さな手にとって観察する。

「これはファイバースコープですね。救助隊は、これでモブ男さんと会話がしたいのでしょう」

「そうか、よーし」

モブ男は、ガウンから小汚い作業着に着替えた。顔や腕には、泥を塗りたくる。

「なにしてるんですか？」

「遭難者として同情を買うため、小汚い恰好しないと。あ、ゲーム機とかも隠しとこっと」

「コスすぎる……！」

コスすぎる男は、地上の救助隊とカメラ越しに会話をした。

救助隊は驚いた様子で、

『なんと、遭難から二十日経(た)っても無事とは！　食事はどうしているんですか』

モブ男(お)は弱々しい声を作り、

「このシェルターには、わずかながら食料がありました。それを節約して――毎日スプーン一杯ほど食べています」

『な、なんという意志でしょう……！』

呼吸するようにウソをつくモブ男。むろん豪華な家具は、カメラの死角になる位置に移動している。

救助隊は、感動で目を潤ませ、

「今、どういう状況ですか。苦しくはありませんか」

「（食べ過ぎで）お腹(なか)が苦しいです」

「まさに飢えとの戦いですね。他には」

「日常的に、死神が見えます」

「幻覚が見えるほど追い詰められているとは！　救助を急ぎます！」

救助隊が立てた計画は、次のようなものだ。

穴の直径を一メートルほどに拡張

←

そこに簡易的なエレベーターを設置
↓
モブ男を乗せて、つり上げる

完了するまでは、二ヶ月ほどの時間がかかるらしい。

光ファイバーケーブルも縦穴から通してもらったので、ネットなども見られるようになった。

フラグちゃんは、スマホでニュースを見る。

「地上では、モブ男さん英雄扱いですよ。『奇跡の生存者』『国の誇り』とか言われてます」

モブ男は涙ぐんで、口元を両手で押さえる。

「やだ俺……こんなに褒められるの初めて……！　希望を捨てず頑張ってきてよかった」

「そうよ、モブくん、頑張ったもんね！」

何を？　とフラグちゃんは首をかしげた。

「頑張ったって……食っちゃ寝して、豪遊してただけでしょ」

「それで太ったから、救助隊に怪しまれないようダイエット頑張ってるじゃないか」

「いらない努力！」

それからも、地上のモブ男フィーバーは加熱した。

テレビのニュースや特集番組は、軒並み高視聴率を記録。

誰もがモブ男の我慢強さを讃え、自伝の出版や講演会のオファーが殺到。ハリウッドから映画化の打診さえ来た。

この鉱山は今や観光地となり、バスツアーも開かれているという。

モブ男はYouTubeチャンネルも開設し、あっというまに登録者百万人を達成。


「ここの生活は本当につらいです。

あまりにお腹がすいたので、虫も食べました」

苦労話（嘘）を語り、投げ銭で荒稼ぎする。

さらに地上の友人・ビリーと連絡を取り、『モブ男グッズ』を販売してもらっている。

Tシャツや、モブ男プロデュースのレトルトカレー……バスツアー客やネット民に、爆売れしているらしい。

モブ男は、どんどん増えていく預金額を見ながら、

「いやー、遭難ビジネス最高！」

「なんたるクズワード」

フラグちゃんは呆れつつ、スマホでテレビを見た。

「相変わらずワイドショーは、モブ男さん特集が多いですね」

司会が言う。

『**本日も、モブ男さん関連の情報をお伝えしてきましたがなんとこのあと！　彼の恋人が出演されます**』

「なに言ってるのかしら。アタシはここにいるのに」

失恋フラグの妄言をスルーし、モブ男はスマホをのぞきこんだ。

『モブ男の恋人』として映ったのは……

モブ顔で、巨乳の女性。モブ男は目をむいた。

「モ、モブ美じゃねーか！　モテ男と浮気した上、俺をフッたくせに！」

モブ美は、さめざめと涙をこぼし、

『**愛する恋人が地下七百メートルで苦しんでいるなんて、耐えられません**』

モブ男の荒稼ぎを見て、よりを戻すつもりらしい。

「むきー！　なんて身勝手な女！」

失恋フラグが地団駄を踏む。

それからも、モブ男を利用する者はどんどん現れた。

支持率アップを狙う首相も、

『モブ男さんを救出できるのは、私のリーダーシップあってこそです』


極めつきは、モテ男が『モブ男の親友』を名乗り、テレビに出たことだ。モブ美を寝取ったのに、凄いツラの皮の厚さだ。

モブ男はうんざりして、フラグちゃんに愚痴る。

「全く、俺の事なんだと思ってんだ」

「そうですよね。『一寸の虫にも五分の魂』ですよね」

「慰めてるようでディスってない？」

⚑脱出の日

そして二ヶ月後……

いよいよ地上へのエレベーターが完成した。

救助隊とモブ男は、テレビ電話で最後の打ち合わせをする。

『モブ男さん――あなたがエレベーターに乗り込んだら、地上まで一気に引き上げます』

「はい」

『100%安全です。ワイヤーから原因不明の異音もしていますが、おそらく大丈夫でしょう』

立て続けに、失敗フラグっぽいことを言う救助隊。現にフラグちゃんが『死亡』の小旗を立てている。

「だ、大丈夫かなぁ」

怖じ気づくモブ男を、救助隊が力づけてくる。

『勇気を出して。地上ではモブ美さんが待っていますよ』

「しらじらしく、歓迎するんだろうな……」

他には首相、モテ男、マスコミ、一万人近い国民なども待ち構えているらしい。

エレベーターに向かうモブ男を、フラグちゃんは不安げに見つめる。

(おそらくエレベーターは壊れます。死亡フラグを回収できるチャンスですが……)

そのとき自分はどうするだろう。また助けてしまうのだろうか――

悩んでいると、モブ男が叫んだ。

「やーめた！　俺は、一生この地下で暮らす！」

「ええ────っ⁉」

「脱出してチヤホヤされても、どうせすぐ飽きられ、オワコンになるもん」

「オワコンって……でも一体どうやって、ここで生活するんですか」

「動画配信の広告費や、投げ銭で稼げる。それで買った食料や物資を、地上のビリーから補給してもらえばいい」

そしてモブ男は、悠々自適の生活を送るようになる。世界一有名なニートだ。

「快適快適！　地下七百メートルなら、たとえ隕石が落ちても大丈夫だしな！」

調子こいて、死亡フラグを立ててしまった。

案の定、地球に隕石が降り注ぎ、人類はモブ男を残して絶滅。

だが彼は、そのことに気づかない。

「あれ、急にネットが繋がらなくなったぞ。おーい」

モブ男、Dead End!

全力回避
フラグちゃん!
ZENRYOKUKAIHI
FLAGCHAN!

破滅フラグとの対面

「ふう……」

フラグちゃん、失恋フラグは、扉を通って天界の宮殿へ戻った。

先ほどまで彼女たちがいたのは『仮想世界』。フラグ回収のための、修行場だ。

扉からはモブ男(お)も出てくる。黒髪を困惑げにかきながら、

「いやー、まいったね。まさかあそこから死ぬとは……」

『練習台(トレーナー)』であるモブ男は、仮想世界では何度死んでも復活できる。だがそれ以外の場所で死ぬと、消滅してしまう。

フラグちゃんたち三人のもとへ、二人の少女が近づいてきた。

「みごと死亡フラグを回収できたな」

天使№11『生存フラグ』。起伏豊かな身体(からだ)に、包帯を巻き付けた美女である。

『優しくなる』ことをめざし、フラグちゃんたちと特訓している。

フラグちゃんは苦笑して頬(ほお)をかき、

「まあ、運も大きかったですけどね……」

「運も実力のうちだよ、しーちゃん」

そう微笑(ほほえ)むのは、桃色ボブカットの少女。

天使№51『恋愛フラグ』。天界一のトリックスターと言われ、様々な天界アイテムを使いこなす。

白いブラウスの胸部は大きく膨らんでいるが、色々細工して巨乳に見せかけているのだ。

そこをイジった者は、無慈悲な制裁を受けるだろう。

恋愛フラグに、失恋フラグが抱きついた。

「ねぇれんれん、アタシも褒めてよ〜」

「アンタは、モブ男くんをヒモにしただけでしょ」

「ぴえん」

うざったそうに、離れようとする恋愛フラグ。

先日のモブ男消滅事件を乗り越えたことで、この五人の絆(きずな)は更に強まったようだ。

モブ男がお腹(なか)をおさえて、

「しっかし腹減った。みんなで何か食べにいかない？」

「いいね。フラグ回収の祝勝会を──」

「ふん、馴れ合っちゃってさ」

冷たい声が、穏やかな空気を切り裂く。

見知らぬ子供が薄笑いを浮かべ、壁にもたれていた。

アイスブルーの瞳。着ているのは黒いパーカーで、袖がかなり余っている。萌え袖(もえそで)というやつだが——中性的な顔立ちのため、よく似合っていた。

近づいてみるフラグちゃん。身長百四十五cmの彼女より、さらに小さい。

「どちらさまですか？」

「ぼくは、死神№２７０」

「え、№２７０⁉」

フラグちゃんは、金色の瞳を見ひらく。

死神は№２６９まで——自分までしかいないと思っていたから。

「そう。ぼくは新しく神様に任命された死神。役割(ロール)は『破滅フラグ』さ」

初めて聞く役割だ。

(それに『任命された死神』とは、どういうことでしょう？)

天使になるか死神になるかは、生まれた瞬間に決まる。任命されるようなものではない。

恋愛フラグが、身体(からだ)をかがめて、

「キミって、男？」

「そうだよ」

「へー……天界に男は、神様とモブ男くんしかいないと思ってたのに」

楽しげに、目を細める恋愛フラグ。

彼女が何より嫌うのは『退屈』。イレギュラーな存在である破滅フラグに、興味を惹かれたのだろう。

「で、キミ、ボクたちに何の用？」

「神様から№２６９に、教えを請うよう言われたのさ」

「え、私に……⁉」

フラグちゃんは驚いた。彼女は『天界一の落ちこぼれ』と言われている。後輩の指導なんて初めてだ。

破滅フラグは、半笑いで首を振り、

「でもさぁ。いざ来てみたら、ダメ死神が仲間と馴れ合ってるだけじゃん。優秀なぼくが学ぶことなんか、何一つない……」

ドン。

減らず口が止まった。

生存フラグが、足で壁ドンしたからだ。碧い瞳が、友人を侮辱された怒りに燃えている。

「この萌え袖クソガキが。先輩への口の利き方を教えてやろうか？」

「ひぃ⁉　ヤクザ⁉」

　涙目になる破滅フラグ。意外にビビリなのかもしれない。

　恋愛フラグがなだめる。

「脅しちゃダメだよせーちゃん……あ、破滅フラグ君ってば。間近で見る、せーちゃんの巨乳に真っ赤になって可愛い～」

「ななな、なってないぞ‼」

　耳まで赤いので、説得力はない。

　四つん這いで距離をとり、生存フラグにあかんべーをする。

「バーカバーカ。痴女ー！」

「な、なんじゃとー！」

　生存フラグは、走り去る破滅フラグに歯ぎしりし、

「なんじゃあいつは。目上への礼儀がなっとらん」

「まあ君も僕を『うすのろ』とか言ってるけどね……」

　痩せ型の中年男性が現れた。

　神様である。天界の最高指導者であるが、アロハシャツに無精髭ということもあり、いまいち威厳がない。

　フラグちゃんは神様を見上げ、

「さっきの方……破滅フラグさんですか？　神様が、私に教えを請うように言ったとか」

「うん。君も死神として成長してきたし、後輩を導く『先輩』になってもいい頃だと思ってね」

「成長……してきた……！」

　身を震わせるフラグちゃん。落ちこぼれ期間が長かったので、感動はひとしおである。

　失恋フラグが何度も頷き、ツインテールを揺らす。

「うんうん。『教わる』だけじゃなく『教える』ことによる学びも、沢山あるものね。応援するわ！　№２６９」

「あ、あなたが応援してくれるなんて……！」

　ライバルからの激励に、胸を熱くするフラグちゃん。

　恋愛フラグが肩をすくめ、

「どーせ『№２６９と№２７０が訓練を通してくっついて、ライバル減らないかな』とか思ってるんでしょ」

「な、なんのことかしらー」

　鳴らない口笛を吹く失恋フラグ。善人なので嘘が下手すぎる。

　フラグちゃんは苦笑しつつ、神様に、

「ありがたいお誘いですけど……死神を育てるのは、『練習台』の役目なのでは」

こう言ったのは、モブ男に仕事を振りたかったからだ。

今のところモブ男が『練習台』役をしているのは、いつもの四人にだけ。

(なるべく沢山の死神の『練習台』となったほうが、モブ男さんの天界での立場も良くなるでしょうし)

そんな気遣いに、モブ男が気づくはずもなく。

小指で鼻をほじりながら、

「いや、いいよいいよ。むちむち美女ならともかく、生意気なガキなんぞ育てたくもないし」

「こっちの気も知らないで……」

「──神様、神様！」

がちゃがちゃという金属音とともに、大きな人影がこちらへ近づいてきた。

二メートル三十センチほどの巨躯。全身に甲冑をまとい、フード付きのコートを羽織っている。

髑髏の仮面をつけており、表情はわからない。

『最も優秀な死神』といわれる、№1だ。

先日の大騒動の黒幕ということもあり、このところ死亡フラグの回収は自粛中。反省の日々を送っている。

すでにフラグちゃんたちとは和解済みだ。

「№1さん。まだ甲冑を着ているのですか？」

「だ、だって脱いで生活するのは恥ずかしいですし、積み上げてきたイメージが……って、今はそれどころではありません」

№1は、神様の前に膝をついた。中の身体（からだ）は非常に小柄なのに、竹馬で甲冑を動かしているのだ。すごい技術である。

「大変です」

「どうしたんだい」

「死神№270が人間界に行き、フラグを回収しようとしています」

「ちょ、ちょっとヤバイよぉ……仮想世界で特訓させようと思ってたのに」

神様がオタオタする。

フラグちゃんは№1にたずねた。

「私と同じで、フラグ回収がうまくできないとか？」

「いえ、問題は別のところです。スーパー落ちこぼれのオマエと違って、回収はできるヤツですから」

「言い方！」

フラグちゃんが軽く抗議したとき。

「ふ～ん。№1さん、反省が足りないかな？　おっ～っと。手が滑った～」

恋愛フラグがポケットから、大量の写真を取り出してぶちまける。

「ぎゃー!!」

いずれも№1の、恥ずかしいコスプレ写真。バニーガール、ケモミミ、幼稚園児のようなスモック……

先日の事件の罰として、天界アイテム『フクカエール』で着替えさせ、撮影したものである。

恋愛フラグは、花咲かじいさんのように写真をばらまき、

「もうちょっと、言葉のチョイスには気をつけたほうがいいと思うな～」

「わかった！　わかりましたからぁ！」

でかい図体で、必死にかき集める№1。

可愛いもの好きの生存フラグが、こっそり写真を踏んで隠した。小銭をネコババするがごとく、あとで回収するつもりであろう。

「天使№51にかかれば、最強の死神も形無しだね……」

写真を拾ってあげる神様に、フラグちゃんが問う。

「で、神様。破滅フラグさんの『問題』とは？」

「実際に見た方が早いだろうね。急いで彼の後を追ってくれ」

「わかりました！」

フラグちゃんは駆け出す。

宮殿にある、人間界への転送装置へ向かうのだ。死神や天使がフラグを回収する時に利用するものである。

後ろから、モブ男が声をかけてくる。

「人間界行くなら、お土産買ってきてねー。ココ〇チのカレーとか」

「いや、緊張感！」

生存フラグが、モブ男の頭に軽くチョップして、

「死亡フラグよ――後輩指導はキサマにとって、新しいステップじゃな。がんばるのじゃぞ」

「はい！」

フラグちゃんに、優しい笑みを向ける生存フラグを。

柱の陰から見つめる、金髪ポニーテールの天使がいた。

「じゅーいち……」

▶破滅フラグの流儀

人間界──

海に浮かぶ、巨大な豪華客船。

広いホールには、千人近い男たちが集まっていた。いずれもみすぼらしい服装で、表情に余裕がない。

ステージ上に、マイクを持った男が現れ、

「借金まみれのクズども！　ようこそエトワール号へ。お前らが人生逆転するには、これから行われるギャンブルに勝つしかない!!」

船に集められたのは、莫大(ばくだい)な借金を抱えた者たちなのだ。

この、目を血走らせる若者も、その一人。

「パチンコで負け続け、膨れあがった借金一千万。なんとしてもギャンブルに勝って、返してやる」

司会が続ける。

「ギャンブルは、お前らみたいなクズにもわかるよう、シンプルだ。『勝ち抜きジャンケン』。ジャンケンして、最後の一人まで勝ち抜けばいい。イカサマが見つかった場合は負けとなる」

　司会は脅すように、声を低くして、

「そして敗者は――みな奴隷となる。馬車馬のごとく使われるか、臓器全て奪われるか。いずれにしても、ヒトとしての未来は閉ざされる」

「ま、マジかよ……」

　おじけづく若者。

　だが司会者の次の言葉に、目の色を変える。

「ただし、たった一人の勝者が得るのは――十億円だ!!」

「十億円!?」

「立ったよ！」

　破滅フラグが現れ、若者を指さした。

「ギャンブルで人生逆転しようとするのは、破滅フラグ！」

　若者は後ずさりして、

「な、なんだお前……『破滅フラグ』？」

「ぼくは死神さ。ギャンブルに負けるのが嫌なら、いうことを聞いたほうがいいよ」

「いや、そもそも、やるかどうか迷ってんだ。勝率千分の一しかないんだぞ?」

「ばっかだな～」

破滅フラグは小馬鹿にするように、半笑いで、

「宝くじ一等の当選確率って知ってる? 二千万分の一だよ。今回のギャンブルは、その二万倍も当たる確率が高いんだ。こんなチャンス二度と無いよ」

「い、言われてみれば……」

話術に踊らされる若者。

「さらに、これを使えば確率は更に上がる」

破滅フラグはパーカーのポケットから、メガネを取り出した。

「天界アイテム『未来メガネ』。かけると、五秒ほど先の未来が見えるんだ」

むろん怪しむ若者。だが『未来メガネ』を目に当てて驚いた。

「うぉ、本当だ! これ使えば、ジャンケンで絶対勝てる! でもイカサマは厳禁って言ってたし……」

「こんなアイテム、バレるはずないじゃん。誰かがバラしでもしない限りね」

「そ、それもそうだな」

破滅フラグは萌え袖を口元に当てて、笑みを隠した。

「ぷぷぷ。誰かの言う『必勝法』にそのまま乗っかるのは、破滅フラグなのにね」

🏴

一方。

人間界に来たフラグちゃんは、空を飛んで破滅フラグを探していた。

（転送装置の履歴によれば、このあたりのはずですが……）

眼下に豪華客船『エトワール号』を発見。

「うわぁ、カ○ジで見たような船……！　確かにここは、破滅フラグが立ちそうですね」

甲板に降り立つ。

ホールから男たちの、阿鼻叫喚（あびきょうかん）の悲鳴が聞こえてきた。

「いやだぁあああ！　奴隷はいやだぁ！」

「せめて殺してくれぇ！」

まさに、破滅の淵（ふち）にいるものばかりだ。

フラグちゃんはさらに、耳をかたむけた。

「娘の手術代を稼ぎたかったのに……ごめんよ……」

「俺が育った孤児院に、金を残したかった……」

細い首をかしげる。

（この方たち、本当に破滅フラグが立ってたんでしょうか？　破滅するのはあんまりだって人も、結構いるような）

「勝ち抜きジャンケン、最後の勝者が決まったー!!」

マイク越しの声。

ステージ上で、メガネをかけた若者がガッツポーズしていた。

「やったぜ、十億ゲットだ！」

「よかったね、ぼくのおかげで勝てて」

（あ、いた、破滅フラグくん！）

フラグちゃんは、二人の様子を観察する。

若者が破滅フラグを見下ろし、

「『破滅フラグ』とか言われたときは、訳わからなかったけど……勝てたのはお前のおかげだ、ありがとよ」

「気にしないで」

「でも金は、ビタ一文やんねーからな」

「いいよいいよ――」

破滅フラグは萌え袖を横に振り、冷たい声で、

「ぼくの本当の目的は、ここからだし」

若者へ体当たりする。

若者がかけていた『未来メガネ』が落ちた。破滅フラグは素早く拾い上げ、

「あれれ～？　おかしいぞ～？」

コ〇ン君のように、白々しくメガネを観察。

「ねぇ、運営スタッフのおじさん、このメガネちょっと見て」

「や、やめろぉ！」

飛びかかる若者を、スタッフが押さえつける。

メガネを確認したスタッフは、その異常さに気づいたようだ。

破滅フラグは若者に、ゾッとするような笑みを向ける。

「そんなの使ったら、ジャンケンなんて全勝だよね？　それに司会の人、言ったよねぇ？

『いかなるイカサマも許さない』って」

「お、お前ー!!」

若者はスタッフに、引きずられていった。

破滅フラグが無邪気に飛び跳ねる。パーカーの裾がふわっとなり、可愛い膝が見える。

「破滅フラグ立ったヤツって、扱いやす～い！　エサ見せたら、すぐ言いなりになっちゃ

う！　アイツがジャンケン全勝したから、他のヤツらもついでに破滅させられたし。これで神様も褒めて……」

フラグちゃんは、破滅フラグの前に飛び出す。

「ちょっと待ってください！」

「ん？　なんだ、アンタか」

「そんなやり方、しちゃダメです」

破滅フラグは半笑いで、肩をすくめる。

「落ちこぼれのくせに、優秀な死神であるぼくに、偉そうに意見するつもり？」

後輩に『落ちこぼれ』呼ばわりされ、胸がつまるが。

気合いをこめて言い返す。

「確かに私は落ちこぼれ。でもだからこそ、沢山学んできました。なので、言いたい事があります」

「な、なんだよ」

たじろぐ破滅フラグ。

「まずフラグを回収するのに、人を煽ったりするのはダメです」

フラグちゃんは、うずくまる敗者たちを指さし、

「それにあの中には、破滅フラグが立ってない人もいたでしょう？　なのに何故、ついで

のように破滅させたんですか！」

「ダ、ダメなの？」

「ええ。死神の仕事はあくまで『立ったフラグを回収する』こと！　フラグが立ってない人を破滅させても、回収にはなりません！」

破滅フラグは、アイスブルーの瞳を泳がせ、

「……もしかして、ミスっちゃった……？」

「はい」

「でも、ちゃんと準備しててよかったぁ。さすが優秀なぼく」

パーカーのポケットから、何らかのリモコンを取り出す。微塵もためらわずスイッチを押した。

「そ、そのリモコンは？」

「この船に仕掛けた爆弾のものだよ。沈没させれば、全部なかったことにできるでしょ。ぼくって、あったまいい！」

「いやいやいやいやいや!?」

ドーン!!　という爆音。船が大きく傾いていく。

このままでは死亡フラグの立っていない人が、千人は死ぬだろう。そんな惨劇を見過ごすわけにはいかない。

（後輩の尻ぬぐいも、先輩の勤めです！）

フラグちゃんはスマホを取り出す。それから救命ボートを用意します」

「すぐ海上保安庁に通報し、救助要請。それから救命ボートを用意します」

「こんなギャンブル船に、まともな救命ボートなんかあるわけないじゃん」

「じゃあ――ペットボトルやクーラーボックスなど、浮くものをかき集め、乗客に持ってもらいます！ №270さんも手伝って！」

「ええ!? なんでぼくも」

それからフラグちゃんは、八面六臂（はちめんろっぴ）の活躍で乗客たちを救っていく。

その動きに破滅フラグは目を見張った。

「す、すごい……」

「少しは見直しましたか？」

「ぜーんぜん。死神が人助けがうまくても、意味ないじゃん」

「うぐっ」

フラグちゃんの役割（ロール）は、死亡フラグより生存フラグの方が向いている気がする。

（でも全然手が足りません。このままでは多数の死者が。どうすれば……！）

「ういっす～！」

イミないじゃん

少女が甲板に舞い降りてきた。

白い翼と、金髪ポニーテールが風になびく。

オレンジを基調とした上着、ショートパンツに、褐色の肌。耳には『7』をかたどったイヤリング。

活き活きとした、人なつっこい笑顔が印象的だ。

フラグちゃんは戸惑う。

「あ、あなたは一体？」

「ウチは天使№7！　ナナっていうの」

（ナナ……？）

どこかで聞いたことがある名だ。

「ラッキーセブンってことで『強運』の天使だよ！　よろしくね、にひひ！」

ナナはエメラルド色の瞳で、大きく傾いた船を見まわす。

「大ピンチみたいだね。ウチが近くにいてラッキーだったね！　救助を手伝うよ」

「ありがとうございます！　でも一体どうやって」

そのとき『キュイキュイ』という鳴き声がきこえた。

海を見れば、おびただしい数のイルカがいる。

「ラッキー！　人なつっこいイルカの群れが、たまたま集まってきたみたいだね！」

「そんなことあります!?」

フラグちゃんは、破滅フラグと共に驚愕した。

ナナがパンパンと手を叩いて、

「さあ乗客のみんなー！　海に飛び込んで、イルカにつかまって！」

そして乗客全員、イルカに陸地まで引っ張っていかれた。

フラグちゃんは圧倒される。生存フラグも優秀な天使だが、ナナはそれ以上ではないか？

「す、すごい」

「へっへ〜ん、それほどでもあるケド〜！」

ナナは額の前で横ピースする。

フラグちゃんは、もうナナのことが好きになってしまった。咲き誇るヒマワリのような、明るさと爽やかさがある。

（素敵な人……うん？）

ナナのベルトについた、ストラップに目をとめる。

オレンジのハートを、ネコが抱いたデザイン。ネコ好きの生存フラグが喜びそうだ。

「へっへ〜、コレいいっしょ？」

「はい。素敵ですね」

ナナは、心から愛おしげにストラップを撫でて、

「親友と、おそろなの。世界で一番大事な宝物」

「へえ、きっと素敵なご友人なんでしょうね」

「そりゃもう！　……あ、ウチそろそろ行かなきゃ。あの子に、よろしくね」

（……あの子？）

⚑

ナナが去ったあと。

フラグちゃんと破滅フラグは、天界へ戻った。救助活動で二人とも海水まみれな上に、疲労困憊だ。

（神様や№1さんが、破滅フラグさんを心配していた理由がわかりました）

フラグちゃんは、破滅フラグをまっすぐ見つめる。

「あなたは、人を騙せるくらい頭が良くて、優秀です。でも……」

「な、なんだよ！」

「人の気持ちを考えない。それどころか簡単に、沢山の人の命を消そうとする。それでは『立派な死神』にはなれないと思います」

破滅フラグは頰を膨らませ、そっぽを向く。

「落ちこぼれのダメ死神に言われたって、説得力ないね」

胸が痛い。こんなふうに、沢山の者から馬鹿にされてきた。

だが、ひるむわけにはいかない。神様は自分を信じて、彼の指導を任せてくれたのだから。

破滅フラグの前に回り込む。

「……落ちこぼれである私を信用できなくても、当然です」

「ふん」

「だから実際に、試してみませんか？　破滅フラグさんのやり方が、どこまで通じるかを」

「どうやってさ」

フラグちゃんは、にっこり笑った。

「頼もしい『練習台』がいるんです」

破滅フラグvsモブ男

　フラグちゃんは破滅フラグを連れ、仮想世界へ通じる扉の前へやってきた。

　扉をあける。

　散らかった狭い部屋で、モブ男が鼻をほじっている。

「俺の名はモブ男。役者を目指してるが全然オーディションに受からず、ニートで食いつなぐ日々だ」

　破滅フラグは呆れて、

「なんというクズ……ていうか『ニートで食いつなぐ』って、初めて聞いたよ」

「では、あの人の破滅フラグを回収してください」

「超簡単じゃん！　パパッと回収して、ぼくの方が正しいって、あんたに教えてあげるよ！」

　言い捨てて、破滅フラグはモブ男の前に飛び出した。

「立ったね♪　破滅フラグが」

　モブ男は目を見ひらく。

「わっ。君はさっきの……俺、破滅しちゃうの？」

「そうだよ。叶わない夢を追い続けるなんて、破滅まっしぐらさ！」

破滅フラグは口元に萌え袖を当てて、

「どうしてもっていうなら、フラグを回避する方法も、あるけどねぇ」

ここからの話術で、破滅へ追いやるのが破滅フラグのスタイル。

モブ男は土下座した。

「教えて下さい、お願いします！」

「ノータイムで、子供に土下座できるメンタルやばっ」

破滅フラグは引きつつも、モブ男の耳に口を近づけて、

「じゃあ説明するよ。あのね――」

「ああっ、この声……何故かゾクゾクする」

「気持ち悪っ！」

女性声優さんのような美声なので仕方ない。

破滅フラグは、改めてささやく。

「もっともっと、一生懸命練習すればいいんだよ。脇目も振らず、ただひたすらにね」

「な、なるほど……『努力は必ず報われる』っていうもんな」

（はい引っかかった！　才能がなきゃ、努力したって無意味なんだよ！）

破滅フラグは、こっそりと嘲笑う。

そんな悪意にも気づかず、モブ男は張り切った。テーブルから台本をとり、

「よし練習するか。一週間後に、この『ロミオとジュリエット』を使ってオーディションがあるんだ」

恐ろしいほどの棒読みで、

「『おお、じゅりえっとー、君はなんとぉ、うつくしィィー』」

(み、微塵も才能がない……！ 絶対コイツ、破滅するね！)

破滅フラグは確信した。

🏴

しかし。

モブ男が練習を続ける姿に、破滅フラグは圧倒された。

「こ、こいつ、もう三日も、風呂にも入らず……すごい……」

風呂に入らないのは元からである。

(……ふん、少しは手伝ってやるか)

「『おぉじゅりえっとー……』……ん、破滅フラグ君、なに？」

「ちょっと、その台本貸して」

破滅フラグはパラパラと台本を見て、モブ男に返す。

惚れ惚れするような美しい声で、

「『名前の中には何があるの？

私たちがバラと呼ぶものは　他のどんな名前で呼んでも
甘い香りがすることには　変わりないというのに』」

「そ、それ、ジュリエットの台詞じゃないか。サラッと読んだだけで、覚えたの？」

「ぼくは優秀だからね。いいから、次のロミオの台詞言えよ」

「練習に付き合ってくれるのかい？」

「まあ、暇つぶしさ」

「ありがとう、破滅フラグくん」

ふん、と破滅フラグはそっぽを向く。頬が少し赤い。

二人は、ひたすらに練習を続けた。

⚑

そしてオーディション当日。

芸能事務所の看板に、破滅フラグは目を疑った。

「『タレント事務所・反社プロダクション』？　なんでこんな怪しすぎる事務所のオーディションを？」

「あまりに落ちすぎて、受ける所がここしかないんだ」

「ああ、なるほど……」

モブ男は破滅フラグに付き添われ、オーディション会場に入る。

審査員はどう見てもヤクザである。最近はヤクザも条例などで厳しいので、いろいろ手を広げているらしい。

オーディションが始まり、モブ男は練習の成果を披露した。

だが案の定、箸にも棒にもかからなかった。審査員にブチ切れられる。

「てめぇ……なめてんのか？　埋めるぞコラ！」

「ひぃい！」

破滅フラグは、萌え袖を口に当てて、

「ぷぷぷ……やっぱり破滅まっしぐらだね！」

そんな彼に、審査員が目を止める。

「ん、お前、よく見ると……めちゃくちゃ美形じゃねえか！　庇護欲をそそる見た目と、ほどよいクソガキ感……」

「はぁ？」

「お前こそ、ダイヤの原石！　どうだ、我がタレント事務所に入らねぇか。役者でも歌手でもやらせてやるぜ！」

モブ男はノータイムで土下座した。

「お願いしまっす!!　俺も使って下さい！　この子のバーターでいいんで!!」

「はぁああ!?」

「どんな役でもやります！　死体役でも、通行人Cとかでも！」

審査員の靴をなめるモブ男。

破滅フラグはドン引きしつつも、ほんの少し感心した。

（こいつ、そこまでして、役者になりたいのか……）

審査員は、すげなく言った。

「テメェなんか、バーターでも無理だわ」

「じゃあマネージャーになります！」

「いやお前、役者の夢はどこ行ったんだよ!!」

破滅フラグは叫ぶ。

その後――

破滅フラグは子役、そしてアイドルとして大ブレイクし、マネージャーのモブ男は大儲（おおもう）け。破滅フラグを回避した。

「なんでだー!!」

⚑

フラグちゃんは、仮想世界への扉の前で体育座りしていた。破滅フラグを待っているのだ。

扉が開く。

「あ、どうでしたか破滅フラグさ……」

「ひっぐ……ぐすっ……」

「ええ!?　泣いてる!?」

破滅フラグは、見るも無惨な姿だ。

疲れ切ったようにペタン座りし、目元をぬぐう。何故（なぜ）かアイドルのような、やたらヒラヒラした衣裳（いしょう）を着ている。フラグ回収は失敗したようだ。

「な、なんなの、あいつ……滅茶苦茶（めちゃくちゃ）だよ……風呂全然入らなくて、野良犬みたいな匂いするし……」

それはいつものことですね、とフラグちゃんは思った。

「ぼくの写真集出させられるし」

「写真集!?」

興味を引かれたが、深く触れないことにする。

「これで、わかってくれたと思います」

「え？」

フラグちゃんは、破滅フラグの前にかがんで、

「あなたは、フラグ回収対象を見下していますね。『お前の行動は全て読める』と」

「……ああ」

「だから、モブ男さんの滅茶苦茶な行動に振り回され、回収できなかったんです」

「ぐぬ……確かにアイツ、僕の計画を全部台無しにした」

そうですよ、とフラグちゃんは頷き、

「どんな将棋の名棋士でも、猿が指す手は読めないでしょう？」

「なにげに、ひどいこと言ってない？」

破滅フラグは呆れつつ、

「じゃあ、どうしろって言うの？」

「人を侮らず、よく見るんです。何に喜んで、何を悲しむのか。そうすると相手の気持ちが、ちょっぴりわかるようになります」

「そうすると、フラグ回収がうまくいくってこと？」

「はい。優秀な破滅フラグさんならできます」

考え込む破滅フラグ。さっきまで反発ばかりしていたのに、モブ男への敗北が余程こたえたようだ。

アイスブルーの瞳で、フラグちゃんを見上げてきて、

「……でもアンタ、落ちこぼれなんでしょ？」

うっ、と言葉に詰まるが、

「か、必ずしも、そうとは言い切れませんよ。さきほど私『落盤に巻き込まれたら』という仮想世界で、モブ男さんの死亡フラグを回収しましたし」

「え⁉ 僕ができなかったことを……すごいっ！」

後輩からの、憧れの眼差し。

（き、気持ちいい……！）

落ちこぼれのフラグちゃんにとって、初めて味わう快感だ。

「も、もしかしてアンタ——」

「え？」

「ファンタジーラノベでよくある、普段『落ちこぼれ』ってナメられてるヤツが、実は最強の実力者のパターン⁉」

「そんな大層なものではないです！」

ハードルが上がりすぎても困る。フラグちゃんは必死に弁解したあと、

「私は『先輩』として、破滅フラグさんが、より立派な死神になれるよう協力します」

「……」

「だから、信じていただけませんか」

手を伸ばす。

破滅フラグは十秒ほどしてから、ぼそぼそと、

「……それならせいぜい、僕が成長するために利用してやる……利用するだけだからな」

握り返してくる手。耳まで赤くなって、

「せ……先輩っ……」

フラグちゃんは、柔らかく微笑んだ。

「ふふっ、素直になると可愛いですね」

「う、うるさーい!!」

そして二人は手をとりあい、歩いて行く。

——その近くの、柱の陰に。

神様、甲冑姿の死神No.1、それに死神No.13がいた。一連の流れを見ていたのだ。

（成長しましたね、No.269……）

胸を熱くするのは死神No.13。緑色の髪の美女だ。『優秀な死神』との呼び声高く、誰よ

りも効率的に死亡フラグを回収する。

一方、神様は安堵の息を吐き、

「ふう、何とかなったみたいだ。ねえ死神No.1」

「はい。死神No.269にしては、しっかり『先輩』をしていましたね」

神様はNo.1を見上げ、

「たぶんNo.269には、No.270の気持ちがわかるんだよ」

「なぜですか」

「No.269は落ちこぼれと蔑まれ、一人ぼっちだった。No.270も同じく孤立し『周囲に認めてほしい』と強く願っていたからね」

その感覚はNo.1も分かる。

No.1の『神様に認めて欲しい』という思いが、先日の暴走を引き起こしたのだから。

だが、それでも。

「……私は、No.270を死神にするのは、今でも反対ですよ」

「どうして？」

「どこから来たのかもわからない『男の子』なんて——不安すぎます。何をするか、わかったもんじゃありません」

死神No.13が肩をすくめ、

「先日、天界史上最悪の大騒動を起こした、あなたが言うことですか」

「そ、それを言われると弱いですけど！」

でかい図体（ずうたい）を縮める№1。

神様は「まあまあ」と№13をなだめつつ。

破滅フラグと初めて会った日を思い出す。

神様と破滅フラグの出会い

天界の宮殿の片隅。

廊下で破滅フラグはうずくまり、顔を伏せていた。全身は薄汚れ、髪の毛はボサボサ。

捨てられた子犬のようだ。

（この子、いったい何者だ？）

神様は大いに困惑した。

天界で暮らす死神や天使は、全て神様が作り出した存在。彼が知らない者などいない。

天界の外から誰かが来たということも、今までなかった。

（あまりにも怪しい）

そんな内心をおさえ、彼の前にしゃがみ、穏やかに問いかける。

「君は、どこから来たのかな？」

「……わかりません」

「名前は？」

「わかりません」

「では、行く当ては？」

破滅フラグは首を横に振った。

彼いわく『過去の記憶がない』という。ますます怪しい。

（……だけど）

孤独に震える子供を放ってはおけない。

「それなら、僕のもとで暮らすかい？」

破滅フラグが顔をあげた。アイスブルーの瞳が、不安で揺れている。

「さあ、おいで」

神様が伸ばした手を、破滅フラグはおそるおそる握ってきた。

⚑

神様は、破滅フラグとフラグちゃんが手を繋（つな）ぐ姿に、目を細めた。

（死神№２７０。私以外にも、手をとりあえる人ができたんだね）

神様は確信をこめて、

「№２７０が何者かは、わからない。でも大丈夫さ。今の彼には心強い『先輩』がいるんだから――」

死神№13が、深々とため息をつき、

「№１の嫉妬心や暴走に、ず――っと気づかなかった神様が『大丈夫』とか言っても……」

「それを言われると弱いけども!!」

五巻でようやく気づいたので、確かに説得力はなかろう。

「まあ死神№１が、堕天しなかったのは救いですが」


堕天――

天使や死神が悪しき心にとらわれ、闇墜ちすることだ。

天使の場合、白い翼は黒く染まり、周囲に不幸をまき散らす堕天使になる。

死神№13は、死神№１を見上げ、

「最強の死神である貴方が堕天していたら、取り返しのつかない事態になったでしょうね」

「は、反省しています……」

叱られた生徒のように、うつむく№1。

神様は「けほん」と咳払い(せきばらい)し、話題を変えてあげる。

「で、№1。君に頼んでいた点検作業は終わったかな？」

「あ、はい。倉庫の天界アイテムが、目録と比べていくつか足りないようです。『フュージョンジャン』『デンキヒツジ』『クセマネール錠』……」

「うーん。結構厳重に管理していたんだけどな。そう簡単に持ち出せるものじゃないはずだ」

№13は口元に手を当てて、

「天使№51の仕業では？　天界アイテムといえば、彼女ですし」

「まあ、うん……第一容疑者だね」

普段の行動がアレなので、めちゃくちゃ疑われる恋愛フラグ。

「ただ№51が、黙って持っていったりするかな？　とりあえず№1、引き続き点検をお願いするよ」

「はい！　お任せ下さい！」

敬礼する№1。

この天界アイテムの紛失騒ぎが、のちに大事件につながることなど三人は想像していなかった。

二話　破滅フラグを交えた特訓はどうなるのか？（一）

新たな仲間との特訓

翌日。仮想世界へ続く扉の前。

モブ男、生存フラグ、恋愛フラグ、失恋フラグの前に、破滅フラグは立っていた。

緊張気味に、身体を強ばらせる破滅フラグ。その背にフラグちゃんが小さな手を当てて、

「ほら、破滅フラグくん、挨拶してください」

「わ、わかったよ……先輩」

破滅フラグは、モブ男たちを見上げて、

「今日からぼくも、仮想世界で一緒にトレーニングさせてもらうことになった」

さらさらの黒髪をなびかせ、頭を下げる。

「よろしく……お願いします」

フラグちゃんは大きく拍手して、

「わぁ、よく言えましたね、破滅フラグ君！」

「もう、いちいちうるさいなあ！」

反抗期の息子ばりに、叫ぶ破滅フラグ。

生存フラグがニヤリと笑って、

「ほう。死亡フラグを『落ちこぼれ』呼ばわりしていたのに、ずいぶん素直になったな？」

「……まあ、いちおう先輩だからね」

「なかなか可愛いところもあるではないか」

そんな二人の会話に。

失恋フラグが頬を染め「はぁはぁ」と息を荒げる。

「ドS美女と、生意気美少年のおねショタ……アリね！」

「カプ厨として、ツボに入ったんだ」

恋愛フラグは苦笑する。

続いて破滅フラグに両手を拡げ、

「大歓迎だよ！　オモチャは……いや、仲間は多いほどいいからね」

「え、いまオモチャって言った？」

破滅フラグは冷や汗をかく。後ずさりしながら恋愛フラグを指さし、

「て、天界一のトリックスターか、なんだか知らないけど——ぼくだって、策をめぐらすのが得意なんだからな！　舐めてると吠え面かくぞ！」

小動物が、ライオンに虚勢を張るかのようだ。

失恋フラグが首をかしげて、

「つまり……れんれんの下位互換ってこと？」

「だ、誰が下位互換だー！」

恋愛フラグの弟子のモブ男に一蹴されたので、下位互換呼ばわりも仕方ない。

さらに恋愛フラグは、破滅フラグをあらゆる角度から観察する。

「でもキミ、本当に男の子？　うわ、髪さらさら～」

「確かにな。モブ男や、うすのろと同じ性別とは思えん」

「いい匂い。何のシャンプー使ってるの？」

生存フラグ、失恋フラグにも取り囲まれ、破滅フラグは「あわわ」と目を泳がせた。

モブ男が子供のようにからかう。

「あっ、赤くなった」

「し、仕方ないだろ！　№２６９先輩と違って、三人ともすっごくスタイルいいんだから……」

恋愛フラグの胸が、カサ増しだと気づいてないようだ。

その話題を深掘りされるとまずいので、フラグちゃんは言う。

「じゃあ早速、特訓を始めましょうか」

「わかった！」

破滅フラグは鼻息を荒くする。

（初の仮想世界での特訓だ。破滅フラグを鮮やかに回収して、ぼくを認めさせてやる……！）

妖刀にとりつかれたらどうなるのか？

薄暗い蔵で、モブ男は興奮していた。

「俺の名はモブ男。モブ美に頼まれて蔵を掃除してたら、古くて細長い木箱を見つけた」

ここはモブ美の実家だが、彼女はサボって友人のギャル美とお茶をしている。

「中身はなんだろなっと」

木箱に入っていたのは――日本刀。

異様なのは、鞘に御札が隙間なく貼ってあることだ。

同封された紙には、こうある。

これは妖刀なり　抜く者には不幸が訪れるであろう

だがモブ男は気にせず、その刀を手にとり、

「刀ってなんか、わくわくするよな。ちょっと抜いて、鬼滅〇刃の炭〇郎ごっこやろう」

「立ったね！」

「あ、破滅フラグくん」

「妖刀を抜くのは破滅フラグだよ！　たちまち操られ、人を斬っちゃったりして、社会的に破滅さ！」

「まさか……って、どうしてフラグちゃんたちもいるの？」

フラグちゃん、生存フラグ、恋愛フラグ、失恋フラグも現れたのだ。全員分のフラグが立ったとは考えづらいが。

恋愛フラグが、ひらひら手を振って、

「破滅フラグ君の仮想世界デビューだからね。見学させてもらおうと思って」

フラグちゃんは心配そうに、

「モブ男さん。妖刀なんて、絶対抜かない方がいいですよ」

「言われてみればそうだね。……でも我慢できない！　『鬼滅〇刃』の劇場版を観たばっかだし！」

シャバシャバの理由で、刀を抜いた瞬間。

刀身が妖しい光を放ち、しゃべり出した。

『血がホシイ……臓物、ブチマケタイ……コロセ……！　キサマの、身体を操ッテヤル……』

やはり妖刀だったらしい。

「い、嫌だ！　そんなこと！」

モブ男が必死に抵抗していると、蔵の扉が開いた。

「ちょっとモブ男、どれだけ蔵の掃除に時間かけんの？」

モブ美とギャル美が入ってくる。

「ホントこいつ、グズでノロマでカスね」

刀身が輝く。

『コロセ!!』

モブ男は妖刀で、モブ美とギャル美に何度も斬りつけた。

「「ぎゃ――――！」」

二人は倒れ込む。しかし……

その身体には傷ひとつない。服だけが切れ、ほぼ裸になっている。

妖刀が驚く。

『ナ、ナゼダ』

「お前の思い通りに、させるか……！　どんなに操られたって、人を傷つけたくないんだ……！」

モブ男は歯をくいしばり、

「でも美女の裸は見たいので……服を切り刻めるくらいには、ほどよく抗ってやる……！」

「『ほどよく抗う』ってなんだ？」

破滅フラグは驚愕した。

妖刀とモブ男の、せめぎ合いは続く。

『血、ホシイ……コロセ……コロセ……！』

「オンナノ、裸……ミタイ……オレニ、シタガエ……」

『ヤメロ……！　我に入ッテクルナ……！』

むしろモブ男が、妖刀を乗っ取る勢いだ。

（あ、あいつ、やっぱりイカれてる。だけど……）

破滅へ向かっているのは間違いない。天使№51を見返すことも、可能かもしれない。

「おい、わしらも巻き添えを食ったらたまらん。逃げるぞ」

生存フラグの先導でフラグちゃん、失恋フラグが蔵の外へ避難した。

だが恋愛フラグは、ツボに入ってそれどころではない。

「あははは……！　やっぱりモブ男くんは面白いなあ」

「オンナノ、ハダカ!!」

モブ男が妖刀を突き出す。

「……え？　きゃあああ――――!?」

恋愛フラグの両胸が、横から団子のように串刺しにされた。

無論パッドなため、身体(からだ)には傷一つないのだが……

「れ、恋愛フラグさぁ――――ん!!」

破滅フラグが真っ青になった。

「ど、どうしてっ!?　天使や死神は傷つかないはずなのに。仮想世界では、ルールが違うの!?」

まさか両方パッドだとは思うまい。

「と、とりあえず横になって！」

破滅フラグが強引に、恋愛フラグを仰向(あおむ)けにする。

「ボ、ボクは大丈夫だから」

「後輩のぼくに、心配をかけないように強がって……！」

涙ぐむ破滅フラグ。

一方モブ男は尻餅をつき、ガタガタ震えている。恋愛フラグのカサ増し胸……それは妖刀とは比較にならぬほど、触れてはならない存在なのだ。

妖刀が、不思議そうに呟（つぶや）く。

『先ホド、胸を貫（つらぬ）イタ感触……オカシカッタ……マサカ、パッ――』

「余計なことというなー！　黙ってろ！」

『ギャー!!』

モブ男は妖刀を床に叩（たた）きつけてへし折（お）った。

破滅フラグは、蔵の外のフラグちゃんたちに叫ぶ。

「手当をしなきゃ。こっち来て手伝ってよ！」

「いや、えーと、あの……」

「なんで突っ立ってんだよ！　友達じゃないのかよ！」

破滅フラグは唇をかみしめ、

「くっ。なんてことだ。恋愛フラグさんの、すごく大きな胸が仇（あだ）になるなんて……」

地雷を踏みまくっている事に、まったく気づいていない。

「とにかく傷口を見せて、恋愛フラグさん」

「ちょ、ちょっと、待――！」

必死に、手で胸元を隠す恋愛フラグ。

破滅フラグは強引にどけた。

「いいから…………ん？　なんだこれ」

グニャグニャした物体を二つ、手に取る。

いずれも、お椀のような形。あいている横穴は、刀によるものだろう。

……ようやく合点がいった。

「あ……あはは……」

床をばんばん叩く。

「あはははははは!!　天界一のトリックスターが、こんな分厚いパッドつけてたなんて!!」

のたうちまわり、足をばたばたさせる。

「はぁ～～お腹痛い!!　史上最高に笑える!!　最大の『トリック』は、己の胸ってワケですかぁ!?」

「………」

ゆらりと。

恋愛フラグが立ち上がった。

空間がゆがんで見えるほどの殺気。妖刀など、比較にもならない。

「ひぃぃ……」

生存フラグと失恋フラグが抱き合い、モブ男はおしっこを漏らしている。

フラグちゃんは、破滅フラグの傍で『死亡』の小旗を立てた。

「立ちました……」

「あ〜最高……あれ？　先輩どうしたの？」

「破滅フラグさんに、とんでもない死亡フラグが立ってます……」

「え？」

我に返る。

鼻が付く程の距離に、恋愛フラグがいた。

その瞳には、ブラックホールのような闇しかない。彼女の両手から、無数の天界アイテムが現れる。

「あ……あぁ……!!」

全身の血が、凍り付いたよう。

そして悟る。

恋愛フラグの胸は、絶対にイジってはいけないのだと。

それから。

モブ男は、モブ美たちの服を切り刻んだ件で逮捕された。破滅フラグは回収されたが——

破滅フラグにとって、もうそれどころではない。

仮想世界から出る。

破滅フラグは光のない目で、生存フラグにおぶわれていた。ガタガタと震えながら、

「コワイ……恋愛フラグさん怖い……!!」

「よしよし、もう大丈夫ですよ」

フラグちゃんは後輩の頭を撫でるのだった。

三話　恋愛フラグに仕返ししようとしたら、どうなるのか？

空気的に、今日の訓練はここまでということになり。

六人はその場で、男女別に解散する。

破滅フラグは、宮殿の壁に手をつきながら、生まれたての子鹿のように歩いている。

モブ男が声をかけてきた。

「大丈夫かい？　師匠の胸いじりは、絶対のタブーなんだ」

「骨身にしみたよ……でもやられっぱなしは嫌だし、なんとか仕返ししたいな」

「それ、負けフラグじゃない？」

モブ男が、耳をほじりながら見下ろしてきて、

「ところで破滅フラグくんって、天界のどこで暮らしてるの？　俺は宮殿の一室で寝泊まりしてるけど」

「似たようなもんさ」

「へー、風呂とかどうしてるの？」

天使や死神の暮らす寮に、大浴場がある。だが男子禁制だ。

「俺は入らないからいいけどさ」

「いや、よくないだろ……」

破滅フラグは鼻をおさえて、モブ男から距離をとる。

「ぼくは、神様が使う風呂を借りたり――わっ!?」

突然「きゃー！」という、黄色い悲鳴が聞こえてきた。

巨乳の天使が数人駆けてきて、破滅フラグを揉みくちゃにする。

「破滅フラグくーん！」「一緒に大浴場いこーよ」

「や、やめろ、離せー！」

「照れちゃって、マジかわいー！」

モブ男が、天使たちの胸をガン見しながら、

「お姉さんたち！　俺が一緒に入りますよ」

「はぁ？　脳みそ腐ってんの？　男子禁制だよ？」

「でも、破滅フラグ君は誘ってるじゃないですか！」

天使が、艶めかしく破滅フラグの顎を撫でて、

「彼はいいの。可愛いから」

「ルッキズム反対ー！」

「女の胸と顔しか見ない男が、何言ってんの！」

ド正論を返されるルッキスト。

だがモブ男はくじげず、土下座した。

「お願いです！　一緒に風呂に入らせて下さい！　ダメなら残り湯を二リットルのペットボトルに詰めて俺にください！」

「こいつのキモさ、どんどん限界突破していくわね……」

怪物を見る目をする天使たち。

その隙をついて、破滅フラグは逃げた。

「ふう、助かった。もしかしてモブ男、ぼくを逃がすためにあんな奇行を……いや、奇行はいつものことか」

納得しつつ、今日の訓練を思い出す。

深く刻まれた恋愛フラグへの恐怖。だが……

「ぼ、ぼくは、やられっ放しじゃいないぞ。なんとか恋愛フラグさんに仕返しを……ん？」

廊下の端に、目をとめる。

ブルーシートに、天界アイテムが整然と置かれていた。近くの部屋には、甲冑姿の死神№1がいる。たしかあそこは、天界アイテムの倉庫だったはずだ。

「うーん、やはり、目録と合いませんね……『擬人化ドリンク』『記憶ハンマー』も見当たらない」

どうやら備品のチェック中のようだ。

破滅フラグはブルーシートに並んだ天界アイテムを、しゃがんで観察した。可愛らしい両膝が露わになる。

懐中電灯のようなものを手に取り、

「コレはなんだろう。あ、説明書がついてる。『入れ替わりライト』っていうのか。使い道は……」

『ライトの光を当てたもの同士の中身を、入れ替えます』

『一時間すると、自動で戻ります』

『途中で

説明書は破けていて、最後まで読めない。

ふと、ひらめいた。

(これ使えば、恋愛フラグさんに一泡吹かせられるんじゃ?)

恋愛フラグを犬と入れ替えるなど、活用法は無限にある。

結果を想像してみた。

「わんわんわ～ん！（元に戻して、破滅フラグく～～～ん！）」

「どうしようかな～。ほ――れ！　骨とってこい！」

「わぅわぅ～！（あぁ、身体が勝手に言うこと聞いちゃう！　助けて～！）」

「あぁ、れんれーん！　破滅フラグくん、もう許してあげて！　あなたこそ、れんれんの上位互換よ！」


「ふ……ふふふ……！」

なんという甘美な復讐。破滅フラグは『入れ替わりライト』を持って駆け出す。

（死神№1さんは怖いけど、あとで返せば問題な――あうっ）

曲がり角で、誰かとぶつかってしまった。

「いてて。あ、生存フラグさん」

「廊下を走るものではない。大丈夫か？」

『入れ替わりライト』を落としてしまう。その拍子に、スイッチが入り……

二人に、光が当たってしまった。

いきなり視界が高くなり、目の前に『自分』がいる。これは……！

「ええ――っ!?　生存フラグさんと、入れ替わってる!?」

「おい、どういうことじゃこれは」

生存フラグ――見た目は破滅フラグが、当惑げに見上げてくる。

事情を話すと、呆れた様子で、

「なに？　中身を入れ替える『入れ替わりライト』？　まったく面倒なことを……で、どうやったら戻るのじゃ」

「一時間経ったら、自動で」

「そうか……ではわしは、キサマの部屋で、効果が切れるのを待つことにする。案内しろ」

「うん、わかった」

素直にうなずく。

部屋に他人を入れるのには抵抗がある。だが原因は自分なので、仕方ない。

廊下を歩き、自室のドアの前へ。

「中にゲーム機とかあるから、適当に遊んでて。ぼくは……一緒に入らない方がいいだろうね」

生存フラグも若い女性だ。『破滅フラグの部屋から出てきた』などと噂が立てば、面倒だろう。

「そうか。ではキサマも、わしの部屋で時間をつぶせ」

「うん」

「道中で誰かに会っても、わしのフリをするんじゃぞ」

破滅フラグはうなずき、

「『わし』とか『じゃよ』とか、恥ずかしい口調をすればいいんだね？」

「恥ずかしい口調……!?」

軽くショックを受ける生存フラグ。

続いて破滅フラグは、ボキボキと拳を鳴らし、

「あとモブ男を見かけ次第、問答無用でボコボコにするよ」

「わし、そこまではしとらんわ!?」

ある程度ボコボコにはしているが。

（よし、行くか）

生存フラグから部屋番号を教えてもらい、天使寮へ。また落とさないよう、『入れ替わりライト』はしっかり握っておく。

気になるのは……

一歩進むたびに、視界の片隅で胸がバインバイン揺れることだ。

（み、見ちゃだめだ）

なるべく上を見て歩いていると。

「わわっ」

つまづいて転んでしまった。

立ち上がって何気なく、身体(からだ)についたホコリを払う。

ぐにょ。

「う、うぁあぁ胸さわってごめんなさーい！　ワザとじゃないんだ！」

すれちがう天使が、不思議そうにこちらを見てくる。

頬(ほお)をくすぐる銀髪からいい匂いがする。手の指さえも色っぽい。

なにより……

(身につけてるのが包帯だけって、どういう事!?)

下着で歩くより恥ずかしい。冷や汗が止まらないので、包帯が透けていく。

(心臓が爆発しそう)

だがようやく、天使寮に到着。生存フラグの部屋が見えてきた。

「ほっ。ここまでくれば」

「あ、せーちゃ――ん！」

振り返る。

失恋フラグがツインテールを揺らして、駆けてくる。何の用だろうか。

「一緒に、大浴場に行きましょ」

「ええぇっ!?」

焦る。この状況で風呂に入るなど、ぜったい無理だ。

首を横に激しく振り、

「こ、断る……のじゃ」

「アタシと入るのが嫌なの……？」

失恋フラグが、オッドアイをじわっと潤ませ、

「や〰〰だぁ〰〰〰〰！　一緒に入ろうよお願いお願いお願い!!」

床に仰向けになり、両手両足をばたばたさせる。おもちゃ売り場の幼児スタイルだ。

（め、面倒くさい、この人！）

必死に打開策を考える。

（――そうか。別に今すぐ入らなくてもいいんだ）

『入れ替わりライト』の効果が切れたら、生存フラグに『失恋フラグさんと風呂に入って』と頼めばいい。さすがぼく、あったまいい。

「わかったのじゃ。では――」

「いいの!?　さっそく行きましょ！」

「え、違……」

説明する間もなく、失恋フラグに引っ張られていく。

(振り払うと、また泣きそうだし……どうしよう～～!?)

大浴場の、脱衣所まで連れてこられてしまった。化粧台が沢山並び、体重計やゴミ箱などがある。

そして当然、あられもない姿の天使や死神たち。目が回りそうだ。

失恋フラグが鼻歌交じりに、サロペットの肩紐を外す。

「お風呂お風呂、せーちゃんと、おっふっろ～」

ブラウスのボタンを外していく。

見えたのは……

(え、胸にサラシなんて巻いてたの?)

「よいしょっと」

失恋フラグがサラシをとる。

ぼぼんっ、と胸が膨らんだ。

(デ……デッッッッッカ!!)

腰を抜かしそうになった。

タダでさえスタイルがいいと思っていたが、こんな、とんでもないものを隠し持っていたとは。

（つうか、何でモブ男は巨乳好きのくせに、この人にグイグイこられて塩対応なんだよ!!）

そんな疑問を抱いていると。

失恋フラグが、オッドアイを見ひらいて、

「あっ、せーちゃん！　鼻血が出てる」

「え、嘘……じゃろ」

手で鼻をぬぐうと、べったりと血が付いた。情けないことに、興奮してしまったらしい。

「どうしようどうしよう、大丈夫!?」

失恋フラグが、後ろから身体を支えてくれる。胸が背中に当たる。

（ひうあ！）

鼻血の勢いが増した。

ピンチはまだまだ終わらない。大浴場へ続く扉が開き、死神No.13が現れたのだ。湯上がりで火照った裸身は、芸術品のようだ。

「騒がしいですね。何かあったのですか？」

（死神No.13さん!?　しかも――）

その後ろにはフラグちゃん、恋愛フラグもいる。むろん裸だ。必死に目をそらす。

「生存フラグさん、大丈夫ですか？」

「鼻血なんて珍しいね～。みんなで介抱しよう」

ゾッとする。

この裸の美女たちに介抱されたら、自分はどうなってしまうのか。

もう、なりふり構ってはいられない。

「や、やめろぉ、近づくなぁ！」

そのとき。

脱衣場のゴミ箱のフタが下から押し上げられ、モブ男が現れた。

「生存フラグさん、ひとまず落ち着こう」

「ギャー！　のぞき魔!!」「誰が落ち着けるか!!」

天使や死神にボコボコにされるモブ男。

（今がチャンス！）

逃げだす破滅フラグ。

だが、それを逃す№13ではない。後ろから羽交い締めにされる。

「うひゃあああ!!　しゃ、しゃわらないでえぇ!!」

「錯乱していますね。安心してください。私がしっかり手当します」

フラグちゃん、恋愛フラグ、失恋フラグも、しがみついてくる。

「そうですよ」「せーちゃん、落ち着いて！」「大丈夫だから、ね？」

（ふわふわして、むにょむにょして……きゅう）

さらに鼻血を出し、気絶した。


──そのころ、生存フラグは。

破滅フラグの部屋でゲームをしていたが、すぐに飽きてしまった。

「ううむ、身体を動かしたい。このアクシデントのおかげで、筋トレができておらんからな」

習慣どおりに過ごさないのは、どうも気持ちが悪い。

腕立てをしてみる。

「むぅ……なんという貧弱な肉体」

いつもより、何十倍も辛い。だが逆にテンションが上がる。

「この筋肉をいじめている感覚！　やりがいがあるな」

しばらく筋トレに没頭した。

「ふう、こんなものか」

そして、『入れ替わりライト』の効果が切れた。

破滅フラグが目を覚ますと、自室に座っていた。

おそるおそる身体(からだ)を見れば、間違いなく自分のものだ。一時間経(た)って『入れ替わりライト』の効果が切れたらしい。

「よ、よかった……！」

立ち上がろうとしたとき。

腕、腹筋、太ももが、一斉につった。

「うにゃっ!? いててててて！ それになんだ、この疲労感!?」

メモを発見する。綺麗(きれい)な字で、こうあった。

『腕立て、腹筋、スクワットを各千回しておいてやったぞ
少しは筋肉がつくじゃろう』

「ありがた迷惑!!」

だが自分が原因なので、文句も言えない。

「仕返しなんか、考えるんじゃなんか……ぎゃああ――――！」

とんでもない筋肉痛に苦しめられることになるのだった。

■生存フラグの部屋

一方、生存フラグ。

破滅フラグの部屋で筋トレをしたあと、いきなり視界が変わった。見慣れた天井。どうやら自室のベッドに、横たわっているようだ。

(ふむ。『入れ替わりライト』の効果が切れたのか)

「あ、せーちゃんが目を覚ました！　大丈夫？」

失恋フラグ、フラグちゃん、恋愛フラグが、心配そうにのぞきこんでくる。

「わしは、一体」

「覚えてないの？　せーちゃん、大浴場の更衣室で鼻血を出して倒れたのよ」

(破滅フラグのヤツ、苦労したようじゃな)

身体を起こす。フラグちゃんが、乱れた髪を整えてくれる。

「№13さんも、手当に協力してくれたんですよ。『もう大丈夫でしょう』って、自室に戻っちゃいましたけど」

続いて、部屋の隅に横たわる、車に轢かれた人形のような物体が喋った。

「生存フラグさん、あまり心配かけないでよ」

「キサマの方がボロボロではないか!!」

モブ男のことだから、どうせ女湯でものぞいたのだろう。

恋愛フラグが、テーブルの上を指さした。そこには『入れ替わりライト』がある。

「これ、どうしてせーちゃんが持ってたの？」

「あ、ああ……たまたま拾ってな」

「ふうん……なるほどね☆」

恋愛フラグは頭が切れる。先ほどまで生存フラグが『入れ替わっていた』と気づいたらしい。『誰と』かも、察しただろう。

恋愛フラグは楽しそうに『入れ替わりライト』の側面のスイッチを指さして、

「ちなみにね～、ここ押せば、すぐ元に戻るんだよ」

（……そうじゃったのか。破滅フラグのヤツ、いらん苦労をしたな）

同情しつつ、皆に頭を下げる。

「心配かけてすまんかったな。もう大丈夫じゃ」

表情をゆるめるフラグちゃんたち。

恋愛フラグが、紅い瞳を輝かせて室内を見まわす。友人がくるのは珍しいので、少し落ち着かない。

「せーちゃんの部屋、初めて来たけど綺麗にしてるね。シンプルだけどお洒落っていうか」

「れんれんの言う通りね。トレーニングルームもあるんだ。サンドバッグとかもあって、本格的～」

　フラグちゃんが胸を張ってドヤる。

「私はこの部屋、一度お邪魔したことありますけどね！」

「何そのしょうもないマウント……って、これ何かしら」

　失恋フラグが、棚の一角に目をとめた。

　メガネが置いてある。まん丸のフレームの、どこか野暮ったいものだ。

「伊達眼鏡じゃなくて、度が入ってるね。これ誰の？」

「ワシのじゃ。近眼じゃからな」


「「「「ええええぇ!?」」」」


　六巻で判明した衝撃の事実に、皆は大声をあげた。

　生存フラグも驚いて、

「そ、そんなにビックリせんでも。普段はコンタクトをしておるんじゃ」

「そうだったんだ……せーちゃんの意外な一面」

あまり人前ではコンタクトの交換をしないようにしている。なので気づかれなかったのだろう。

続いて恋愛フラグが、棚のアクリルケースの中を指さした。

「あ、これは何かな？」

「！」

ストラップだ。青いハートをネコが抱いている。

「ハンドメイドかな？　すごく大切そうに飾ってるね」

胸が苦しくなる。

大切な思い出、そして苦い記憶が一気に蘇（よみがえ）る。

フラグちゃんが金色の瞳を見ひらき、

「あれは……ナナさんが持ってたものと、色違い」

「⁉」

驚いた。どうしてフラグちゃんの口から、その名が出てくるのだろう。

恋愛フラグが首をかしげて、

「『ナナさん』って誰？」

「天使№7さんです。昨日、破滅フラグくんのフラグ回収でトラブルがあったとき、助けてくれたんです」

「あー、凄腕の天使って聞いたことあるねー。フラグ回収の成績は、いつも上位とか」

フラグちゃんは口元に手を当て、

「……そうか『ナナ』って、どこかで聞いたことがあると思ったら……あの、生存フラグさん」

「な、なんじゃ」

「先日、モブ男さんの『プログラムの欠片』を回収するため、この四人で『プログラムの墓場』へ行った際――」

そこは、天使や死神も傷ついてしまう、恐ろしい場所だった。

四人は無数のクレーンに襲われ、死の淵まで追い詰められたのだ。そのとき生存フラグはこう言った。

『ナナ……キサマにもう一度会いたかった……』

「『死ぬかもしれない』って時に言ったくらいだから、大切な人なんですよね」

「……」

生存フラグは、思わず目をそらす。

小さくうなずいた。

「……かつて、わしとナナは、フラグ回収のペアを組んでいた。そして――無二の友人じゃった」

皆が「えっ」と声をあげた。

「『じゃった』ということは」

「……絶縁した、ということじゃ」

「絶縁って……」

フラグちゃんは目を伏せる。

胸に小さな手を当て、すがるように、

「いったい、何があったんですか？　言いたくないなら大丈夫ですが」

どうすべきだろう。

己の黒歴史であり、胸がしめつけられる過去だが……

ともに特訓し、死線をくぐりぬけた仲間たちにになら、告白してもいいかもしれない。

「わかった。話そう――」

それはまだ生存フラグが、誕生したばかりの頃の話。

四話　生存フラグの過去はどういうものか？（一）

落ちこぼれの天使

天界、宮殿の広い一室。

白い翼の天使たちが、次々と転送装置へ飛び込んでいく。

人間界へ行き、生存フラグを回収するためだ。

「人間番号BH－498313　名前　賭島(かけしま)　太郎(たろう)

命を賭けたギャンブルで、対戦相手が『この勝負勝った！』と確信し、負けフラグを立てました。つまり賭島氏の生存フラグが立ちました。救命に向かいます」

別の天使は、

「人間番号AW－982651　名前　粉谷(こなや)　発雄(はつお)

怪物に襲われる前日、テレビで『粉塵爆発(ふんじんばくはつ)』についての特集を見ていました。ピンチになったら、粉塵爆発で逆転する生存フラグです。ただちに救命に向かいます」

活気に満ちた部屋――

その片隅で生存フラグは、コートのフードをかぶって身を縮めていた。

長い銀髪は三つ編み。野暮（やぼ）ったいメガネの奥の瞳を、不安げにキョロキョロさせている。

のちに『ドS天使』として名を馳（は）せるとは、思えない姿だ。

（つ、突っ立ってるだけじゃだめだ。私もしっかり、お仕事しなくちゃ）

天使として生まれてから、まだ一度も生存フラグを回収できていない。まさに落ちこぼれだ。

（今日こそ、成功させないと）

転送装置の前に立ち、消え入りそうな声で、

「に、人間番号AZ-104859　名前　山田（やまだ）　孝介（こうすけ）

『生存フラグ』が立ちました。直ちに救命に向かいます」


到着先は、人気（ひとけ）のない路地裏だった。

スーツの男——山田孝介だろう——が、マフィアっぽい男に拳銃を向けられている。

「山田ァ!!　お前の命もここまでだ！」

銃声。

山田は倒れ込むが、胸を押さえて、

「あ、あれ？　……生きてる……」

続いて生存フラグを、目を丸くして見上げてくる。翼を持つ女性がとつぜん現れたのだから、無理もない。

「あなたは？」

生存フラグは目を泳がせ、ぼそぼそと、

「え、えっと……どうするんだっけ。まず自己紹介？　いや、フラグが立った説明が先……？　それとも『なぜ助かったか』の説明？」

山田は男だが、女性用ブラジャーをつけている。『締め付けられる感覚』が好きで、着用する男性は一定数いる。

銃弾がブラジャーのワイヤーに当たり、それたというわけだ。こうして助かった事例は、ニューヨークやブラジルで実際にある。

（こういう理由を説明して……いえ、いきなり『あなたブラ着けてますね』というのは、TPO的にまずいのでは？）

うだうだうだうだ考えていると。

山田が不思議そうに、

「あの、何をずっとボソボソ言ってるんですか？」

「……わ……私は天使をやっておりまして……天界の方から来たんですけど……」

「え、なんて？」

ダメな営業のような生存フラグに、聞き返してくる山田。

たまりかねてマフィアが叫ぶ。むしろよく待ってくれた方である。

「何をグダグダやってる。ダメならもう一発だ！」

「あっ！　山田さん、早く逃げ……」

拳銃が火を噴く。

さすがに二度も、ブラのワイヤーに当たる奇跡は起こらなかった。

▶失意

それからも、何度か人間界へ行ったが……

一度も生存フラグを回収できず、業務時間が終わった。宮殿に戻って、がっくり肩を落とす。

（今日も失敗ばかり……）

同僚天使の楽しげな声が聞こえてくる。

「キャハハ！　ねえ聞いた？　あの子のフラグ回収の成績がさ～」

「マジ？　ウケる〜！　ダメダメだよね〜！」

（も、もしかして私を笑ってるんじゃ）

陰キャにありがちな被害妄想をし、慌てて部屋を出る。

このまま自室に行き、ベッドに潜り込みたいが。

「……だめだ。それじゃ回収は上達しない。勉強しないと。頑張らないと……」

じっとしてなんか、いられない。

焦燥感に溢れる姿に、通りがかった神様が目をとめた。

「ふむ……」

生存フラグは、図書館にやってきた。

吹き抜けの天井に届くほどの本棚が、たくさん並んでいる。静寂の中、多くの天使や死神が、読書や勉強にいそしんでいる。

まじまじと本棚を見つめながら歩く。

（生存フラグの回収に、役立つ本はないだろうか……あっ）

『やさしい折り紙』という本をみつけた。

（『病気の人には千羽鶴がいい』って聞いたことがある。折れば、生存フラグ回収に繋げ

られるんじゃ）

本を手に取り、夢中で読んでいると。

横から衝撃を受けて落としてしまった。

「きゃっ……」

「あ、ごめんね。よそ見してて」

二人組――赤と青の髪の天使が、いつのまにか傍にいた。

青髪の天使が、本を拾ってくれる。

「本棚みてたら、ぶつかっちゃって……大丈夫？」

（わ、私に話しかけているのか⁉）

再びの陰キャムーブ。

赤髪の天使が、本を覗き込んできた。至近距離に踏み込まれ、更にテンパる。

「へー『やさしい折り紙』か。この本面白い？　それとも、生存フラグ回収の参考になるとか？」

またしても、無駄に長い脳内会議をはじめる。

（『全部読んでないから、わからない』と言ったら失礼かも。かといって適当に答えるのも悪いし……こっ、答えかた次第では、友達になれるかもしれないし！）

友達は一度もいたことがないので、強い憧れがある。

青髪の天使が、心配そうに、

「ねえ、大丈夫？　なんか顔色悪いね。話すの得意じゃないなら、無理しなくてもいいよ？」

「こ、この!!　本はッ!!」

「!?」

図書館中に響くほどの声。滅多に喋らないので、ボリュームの調整がうまくできないのだ。

ほかの天使や死神が「え、何？」と見てくる。

「読んで損はないというか立派な天使になるためには重要な参考書でありまして!!」

陰キャの熱弁特有の、異常なまでの早口。

本人も、何を喋っているのかわかっていない。

「この本には『生存フラグ』の何たるかが書かれてありまして天使にとっての必修科目であり読むべきいや読まないなどありえない貴方ももちろん読んでますよねぜひ感想をお聞きしたいであります!!」

お経のように一気に言い終える。

（……あ、あれ？）

我に返ると、赤髪の天使の表情が一変していた。目をつりあげて、

「どういう意味よそれ」

「え？」

「今のマウント？　天使である以上、その本読まきゃダメってわけ？」

「そ……そういう意味では……」

涙目になり、あとずさる生存フラグ。

青髪の天使が見かねたように、赤髪の肩をつかんで、

「ちょっとアンタ、落ち着きなって。たぶんそういう意味じゃないよ」

「………ふーっ。そうかもね。でも『面白い？』って軽く尋ねただけなのに、一方的に、うだうだうだうだ言われてしんどかった……行こ」

「うん……」

二人の天使は去って行く。続いて四方八方から、

「くすくす……」

「何アレ？」

今度の嘲笑は間違いなく、自分に向けられたものだろう。冷や汗が止まらない。

（また、やってしまった）

いつもそうだ。

フラグ回収どころか、話すことすら上手くできない。頑張って口を開けば、言いたいことが伝わらなくて、もめ事になってしまう。

逃げるように、廊下に出る。

恥ずかしくて情けなくて、消えてしまいたい――

「んじゃ、いこっかー！　今日も元気に、生存フラグ回収しちゃおー！」

「！」

明るさに溢れた声。

廊下の向こうから、派手めな天使が歩いてくる。

オレンジを基調とした上着とショートパンツ、褐色の肌。耳には『7』の形のイヤリング。太ももには金環をつけている。

黒髪と茶髪の天使が、両側から話しかける。

「ナナ、今回の回収は私も成功させるから！」

「成績上位のナナには負けないかんね！」

『ナナ』と呼ばれた天使は、心から楽しそうに笑う。

「お、言ったな～？　負けないよ、にしし！」

なんて眩しい。

成績上位で、自信があって。友達にも囲まれていて、すごく楽しそうで。

（私と、なんという違い……）

そんな嫉妬をする自分が、ますます嫌になる。床を見ながらゾンビのようにふらふら歩く。

その姿に、ナナは思わず声をかけた。

「ねえ、キミ――」

生存フラグは気づかない。

陰キャあるあるの『自分に話しかけられてるとは思わない』である。

「どーしたの？　行こう、ナナ」

「あ、うん……」

ナナは後ろ髪を引かれながらも、回収へ向かった。

⚑フラグちゃんたちの反応

生存フラグはそこまで話し、一息つく。

フラグちゃんも、恋愛フラグも、失恋フラグも、沈んだ顔をしていた。お通夜のような雰囲気だ。

「ど、どうした？」

フラグちゃんが薄い胸を押さえて、

「いや、なんだか心が痛くて」

「せーちゃんエピソードゼロ、結構きついね。そんな超絶コミュ障だったなんて……もっと早く友達になっておけばよかった」

「ぴえんを通り越して、ぱおん……」

（めちゃくちゃ不憫に思われておる!!）

布団に潜り込みたくなる。

ただモブ男だけが、鼻の下を伸ばして、

「陰キャの生存フラグさんも、見てみたかったな〜。今とは違う方向性の美人だっただろうし」

「まったく、キサマは……」

今だけは、その脳天気さがありがたい。あまり暗い雰囲気になられても困る。

（……それに）

弱みをさらけだす友人ができた。当時からすると、非常に大きな進歩だ。それほど悪い気分ではない。

「で、それで、せーちゃん」

「うおっ？」

驚いたのは、失恋フラグがベッドに入ってきたからだ。寄り添って、甘えるように身体(からだ)を揺らしてくる。

「これから躍進――せーちゃんライジングがはじまるのね？　続き、は～や～く～」

「寝るときに本を読んで欲しい子供か？」

まあいい。

せーちゃんライジングを話すとしよう。

▶落ちこぼれと神様

（な、なぜ私、神様に呼び出されたのでしょう……!?）

生存フラグは、激しくテンパっていた。

ここは謁見の間――神様が執務を行う場所。

サッカーができそうなほど広く、床や壁は大理石。ステンドグラスから光が入ってきている。

部屋の奥は階段状になっていて、一番上に玉座。

そこに座る神様は、おだやかな目で生存フラグを見下ろしてきて、

「天使№11、最近のフラグ回収はどうかな？」

ビクッと身を縮める。

いまだにフラグは一つも回収できておらず、報告できる成果など何もない。

「すみませんすみませんすみません落ちこぼれですみません」

神様は慌てたように、

「別に責めてるわけじゃないんだよ。ただ思い詰めてるみたいだから、少し心配でね」

「は、はい」

「何か私が力になれることはないかな？」

（そ、そんなの、申し訳なさ過ぎる！）

自分なんかに、最高指導者の時間を使わせるなど……！

残像が見えるほど何度も頭を下げる。

「じ、自分で！　なんとかしてみます。本日の回収にいってきてもよろしいでしょうか⁉」

「う、うん、あまり無理しないでね」

回れ右して謁見の間を出る。『ある作業』で徹夜したので、足がふらつく。

「困ったね」

残された神様は、大きく溜息をついた。

生存フラグは、一人でネガティブなことばかり考えて、煮詰まっているように見える。

環境を変えることが必要だ。

(誰かと組ませてみたら、どうだろう)

生存フラグの負のオーラを吹き飛ばせるような……優しく手をとって、導いてくれるような……

(そうだ、天使No.7だ！)

彼女ほどの適任はいないだろう。うまくいけば、No.11のコミュ障も改善できるかもしれない。

そのとき扉が開く。

天使No.7・ナナが現れたのだ。すばらしいタイミングだ。

「やっほ～神様！　ちょっとお話あるんだケド。天使No.11って子が、ちょっと気になってさ」

「おお、ちょうど彼女のことで、キミを呼ぼうと思っていたんだよ」

「ラッキー☆　さすがウチだね！」

性格や能力が違う者を組ませ、化学反応を期待する――

のちの、フラグちゃんと生存フラグのペアにも通じる、神様の育成方法だった。

▶対面

――一方、人間界。

とある病院の一室。

ベッドに若い男性が横たわっていた。かなり弱っているのか、心電図の波は弱々しい。

ベッドの傍(かたわ)らの椅子には、若い女性。痩せ細った彼の手を握り、

「お願い……目を覚まして……」

「立ちました。恋人からの呼びかけは、生存フラグ……です！」

生存フラグは、転送装置で病室に現れた。

（よし、今回はちゃんと話すことができました）

そう喜んでいると。

『恋人からの呼びかけ』の効果か、男性が目を開いた。

「あれ、僕は……」

「目を覚ましたのね！」

女性が声をあげる。

男性が生存フラグを見上げ、

「そこのあなたは？」

「天界から来た、天使です」

珍しくハッキリ説明できたのが、逆に仇となる。

男性がショックを受けた様子で、

「天使!? ……つまり、お迎えが来たってことですね」

「い、いえ、それは違」

男性が再び目を閉じる。心電図の波が弱まっていき、一直線になった。

ピー

「し、死んだ……!?」

「あんたのせいよ!!」

女性が胸ぐらを掴んでくる。

「こんなはずでは……そ、そうだ。こういう時はコレです……」

千羽鶴を取り出す。

『やさしい折り紙』を参考に、徹夜して作ったもの。だが。

「今更遅いわよ！」

女性に払いのけられ、千羽鶴が床に落ちる。

（ああ、また失敗してしまった……）

自分なりに生存フラグの回収方法を考えてみた。準備もした。でも全て無駄だった。自分は、どこまで行っても落ちこぼれなのだ。

無力感に押しつぶされていると、

「立ったよお！」

心の暗雲を吹き飛ばすような、朗らかな声。

「……あ、あなたは……！」

昨日見かけた天使『ナナ』が、空中から現れたではないか。

ベッドに横たわる男性の胸に着地する。

「ぐえっ⁉」

男性が、潰されたカエルのような声を出す。

「あ、ごめんね……って、蘇生(そせい)した？　心臓にほどよくショックを与えたのが、よかったみたい。ラッキー☆」

女性が生存フラグを放し、崇拝するようにナナを見つめて、

「あなたは彼の、命の恩人です……！」

「えへへ……それほどでもあるケド〜！」

ピースするナナ。

生存フラグは圧倒される。こんなにあっさり救ってしまうとは。一流の天使とはこういうものか。

「あ、ごめんね！　自己紹介忘れてた！」

ナナが近づいてきて、くるっと一回転してウインク。

「ウチは天使№7！　ラッキーセブンってことで『強運』の天使だよ！」

「は、は……い……」

陽キャのオーラに気圧されまくる。カツアゲでもされているかのように、目をそらして、

「な、なぜあなたは、ここに」

「神様から言われたの。『№11の相談役になってくれ』って」

「相談役……？」

「んー、よくわかんないケド、一緒にフラグ回収しろってことじゃない？」

（一緒にぃ⁉）

コミュ障には厳しすぎる。首を高速で横に振る。

「そ、そんな。私のようなド底辺天使といたら、あなたのご迷惑にしかなりません」

「も〜、ネガティブすぎ！」

ナナが手を握ってくる。

ひどく温かい手だった。心をほぐすような優しい声で、

「言ったでしょう？　ウチは『幸運の天使』だって」

「は、はい」

「だからキミと組むよう命じられたことが、ウチにとってアンラッキーってことはゼッタイ無いの！　だから――」

手を引っ張られる。

「あんま深く考えずに、とりま一緒にフラグ回収しにいこーよ！」

「あ、あああぁ……ちょっと待ってぇ……」

半泣きの生存フラグ。一体これから、どうなってしまうのだろう。

ナナの流儀

港に建つ、広い倉庫の中。

中年男性が、若者にナイフを突きつけている。

「冥土の土産に教えてやろう。お前の親父を殺したのは俺だ。そして○×産業を乗っ取り、社長になったってわけさ」

「な、なんだと！」

「お前も、すぐに後を追わせてやる！」

「立ったよぉ！」

ナナが元気いっぱいに現れた。生存フラグは不安げに、様子を見守る。

「『冥土の土産』を教えるのは、相手にとっての生存フラグ！　おじさん、もうキミに勝ち目はないっしょ！」

「なんだお前ら。わけのわからんことを……死にたいのか！」

生存フラグが「ひいっ」と青ざめる中。

若者が己のスマホをみつめて、

「あれ？　いつのまにか電話が、ずっと警察と繋がってた……」

「ポケットの中で、たまたま110番がプッシュされたみたいだね。ラッキー☆」

ということは、さっきの自白は警察に聞かれていただろう。

ナナは顔の前で横ピースした。

「おじさん、○×産業の社長なんだよね？　でももうおしまいだね☆」

「そ、そんな」

中年男性はへたりこむ。若者を殺し、更に罪を重ねる意味もないだろう。

「よーしフラグ回収！　次いこ！」

あまりに鮮やかな手際に、生存フラグは目を丸くするしかない。その手を、ナナが再び引っ張っていく。

⚑

ビルの中。

爆弾のタイマーが、カウントダウンを刻み続けている。

対処するのは、爆発物処理班の男性だ。全身を防護服で包んでいる。

「どっちの線を切ればいいんだ⁉」

黒と白、どちらかのコードを切れば爆弾は解除されるらしい。

「間違えたら、俺は死ぬだろう……父さん、母さん、今までありがとう」

「立ったよぉ！　親への感謝は生存フラグっしょ」

ナナと生存フラグが現れ、驚く男性。

「え、君たちは一体⁉　ここは危ないぞ、早く逃げなさい！」

「いーからいーから。ところでおにーさん、今朝の情報番組の占いコーナー見た？　そこでラッキーカラーは出てこなかった？」

生存フラグは、ナナへの尊敬を深める。

（なるほど。こういう『色が絡む展開』では、ラッキーカラーを選べば上手くいく事が多いですからね）

だが男は首を横に振り、

「いや、占いは見てない」

「そっかー。どうしよ」

ナナが首をかしげ、ポニーテールを揺らしたとき。

（きゃっ⁉）

生存フラグは、己のコートの裾を踏んでグラついた。

倒れないよう反射的に掴んだのは――

ナナのショートパンツ。完全にズリ落ち、可愛らしい下着が丸見えになる。

「ああぁごめんなさいごめんなさい！　役立たずなだけじゃなく、足を引っ張るだなんて！」

ナナは耳まで真っ赤になりながらも、

「ううん。天使№11、ナイスだよ！」

「えっ」

「ウチのショーツが見れるなんて、お兄さんにとって超ラッキーっしょ！　だからショーツと同じ色の線を切れば助かるって！」

その勢いに押されたのか。

男性は白いコードを、ニッパーで切断した。

……

爆弾は止まった。

「た、助かった……キミたちのおかげ……なのかな？」

「それほどでもあるケド～って、わわっ」

ナナは慌ててショートパンツを上げる。

「ぜひお礼をしたい。こんど両親や妻子とバーベキューをするんだが、よかったら来てくれないか？」

「ぎゃ――!?」

「面白そう～！　ぜったい行く！　LANE（レイン）のアカウント教えて！　あ、待ち受け画面お子さんなんだね。超かわい～!!）

生存フラグは圧倒されっぱなしだ。

（すごい……）

№７はフラグ回収の腕も超一流だが、それだけではない。

誰とでもあっという間に仲良くなり、周囲を笑顔にしてしまう。

まさに理想の天使だ。自分とのあまりの差に、うなだれるしかない。

⚑

二人は人間界から、天界に戻った。

ナナがエメラルド色の瞳を輝かせて、

「で、どうだった№11？　ちょっとは参考になったかな？」

「……正直なところ」

「うんうん！」

生存フラグはうつむき、両手の指を絡める。

「レベルが違いすぎて、真似（まね）のしようがないというか……」

「も～！　またもネガティブ！　ごちゃごちゃ考えすぎっ！」

頬を膨らませるナナ。本当に感情表現が豊かだ。

「でもね。No.11にも、ウチをマネできる部分はあるよ」

「そ、それはいったい」

期待して顔をあげたとき。

両頬をつままれ、ぐいっと引っ張られる。

「肩の力を抜くこと！　こんなにガッチガチじゃ、フラグなんか回収できないもん。ほーら笑って～。ピースして～」

（……）

ダブルピースした。

だが指先が曲がってしまい、いわゆる陰キャピースになってしまう。

「ぷっ！　あはは。やり慣れてない感じ可愛い～」

「放ひてくらはい……」

「だーめ！　笑顔になるまで放さない」

「…………う……うへっ、うへへ……っ」

我ながら気持ち悪い声を出すと、ようやく解放してくれた。

ナナが後ろ手になり、見つめてくる。

「少し力が抜けたかな？　一歩前進だね！　この調子で一緒に頑張って、素敵な天使になっちゃおーよ！」

（ほんとうに素敵な人。私と真逆）

だが不快な気分ではない。

No.７といると——心にたまった重苦しいものが、吹き飛ばされていくようだ。

ついていけば、何かを変えられるかもしれない。

勇気を振り絞ってみよう。ようし……！

「あ、あああの！」

「んー？」

愛の告白をするように、告げる。

「よかったら、私の師匠になってほしい……です!!」

「え、絶対無理」

「!!」

へたりこむ。

立つことができず、四つん這いのまま去ろうとする。

「身の程知らずなお願いしてすみませんでした……」

「あ〜〜ちょっと待って！　『絶対無理』ってのは、ウチは『師匠』なんてガラじゃないってこと！」

№７が回り込み、しゃがんで目線を合わせてくる。

太陽のような笑顔で、

「だから、友達になろうよっ！」

「とも……だち？」

「そう！」

抱きついてくる。

「あ、ああ、あああぅああ……!?」

ものすごくいい香り。目を回す。夢の中にいるようだ。こんな素敵な人が『友達』。初めての友達。

「これからは、あだ名で呼び合おっか。なんて呼ぶのがいーかな」

ナナの、エメラルド色の瞳が輝く。

「そうだ。『じゅーいち』！」

「そう。キミは天使№11だからじゅーいち。で、ウチがナナ……英語にすれば『セブンイレブン』だし、ちょーどよくない？」

何がちょーどいいのか分からないが、あだ名で呼ばれたのなんて初めてだ。泣きそう。

ふかぶかと頭を下げる。

「ふ、ふつつか者ですが、よろしくお願いします……」

我ながらズレた挨拶だと思うが、ナナは「こちらこそ！」と笑ってくれた。

⚑ナナとの修業

『だから、友達になろうよっ！　友達に……友達に……友達に……』

生存フラグは何度も、ナナの言葉を反芻(はんすう)する。

三日は余韻に浸れそうな自信があるが……ナナはそんな間を与えてくれず、手を引っ張ってくる。

「ほら、じゅーいち。さっそく修業しよっか！」

「は、はい！　ナナさん」

「じゅー、いち？」

「ちょっと～『友達』なんだし、敬語も『さん』もナシっしょ？　……まあ、すこしずつ慣れてってね」

連れてこられたのは、宮殿のジムだ。

ランニングマシンやフィットネスバイク、筋トレマシンなど、様々なトレーニング機器が並んでいる。

「最初の修業は、筋トレ！」

「なるほど。筋肉があれば、フラグ回収に有利になるんですね？」

眼鏡の奥の瞳を輝かせる生存フラグ。

だがナナは、準備運動しながら、

「ん～、あんま関係ないんじゃない？」

「ええ!?　では何故ここに」

「さっき言ったでしょ？　じゅーいちは『ごちゃごちゃ考えすぎ』だって。だからまず身体を動かして、雑念を消そーよ」

「な、なるほど」

そして二人は、色々な器具で筋トレをした。

バーベル、アブリミナルクランチ、レッグカール……

「お……重っ……」

「じゅーいち、やれんだろ!!　もっと熱くなれよ!!」

熱く応援してくれるナナ。

なんとその結果、どの機器でも、生存フラグはナナの数倍の負荷をクリアしてしまった。

「おおぅ、意外な怪力だね、じゅーいち」

「自分でも驚きです……」

なにより汗を流すと、頭の中がすっきりした気がする。

「身体を動かすのって、意外といいかも」

「じゃあ続けるといいよ。新しい趣味は、生活を豊かにしてくれるからね！　じゅーいちに筋トレが合ってて、ラッキー☆」

笑顔でピースするナナに、こちらの頬もゆるむ。

（ナナさんといると、どんどん心が、ほぐされていく……）

「さぁ次の修業に行こ、じゅーいち！」

またも手を引っ張られる。

いつのまにか困惑より、高揚感がまさっていた。

■姿勢

案内されたのは、宮殿の外れの廊下だ。人気(ひとけ)はまったくない。

ナナは、どこからか二つのツボを持ってきて、

「ウチねー、一緒に回収したとき、じゅーいちに何が足りないのかわかったの」

「そ、それは一体」

前のめりになる生存フラグに、ナナがビシッと告げる。


「『天使らしさ』だよ！」


「というと？」

「人間の立場で考えてみて。生死がかかった状況でさ──」

ナナが死んだ目をして、前屈(まえかが)みになる。

「え、急に何を？」

「じゅーいちのマネ」

（わ、私こんな、ゾンビみたいな感じなの……!?）

結構ショックだ。

「こんな風に、どよ〜〜〜〜んとしたのがやってきたら『死神かな』って思われちゃうよ」

「な、なるほど」

「だから背筋を伸ばす修業をして、姿勢をよくしよう。天使としての威厳も出るしね！」

ナナはノリで生きているように見えるが、言うことは理にかなっている。

「そこでウチが用意したのは、コレ！」

ナナが二つのツボを指し示す。よく見れば、中にたっぷりと水が入っている。

「頭に乗せて、廊下の端から端まで、こぼさないように歩くの。一緒にやってみよ」

「わかりました……うっ、くさっ!!」

生存フラグは鼻を押さえた。水から、生ゴミのような強烈な匂いがする。

ナナが「にしし」と笑い、

「ただの水じゃ面白くないから、シュールストレミングの汁をたっぷり混ぜたよ〜」

『世界一臭い食べ物』と言われる缶詰だ。

「なんて恐ろしい修業……」

「よーし、レッツゴー！」

生存フラグとナナは、ツボを頭に乗せた。

歩き出す。

（あれ？　思ったより簡単……）

「わ、じゅーいち、すごい……ぎゃー！」

転んでしまい、臭い水まみれになるナナ。

「あわわ、大丈夫ですか」

「くっっっさ！　あはははは！　臭すぎてうける!!」

ナナが倒れたまま見上げてきて、

「お風呂行こうよ。じゅーいちとお風呂入れてラッキー☆」

「え、その、一緒は恥ずかしいので……」

「そう？　じゃあまた今度入ろうね！」

ナナは床を掃除してから、シャワーを浴びに行った。

生存フラグはその間も、頭にツボを乗せて歩き続けた。

⚑口調

生存フラグは長い廊下を何往復もし、一度もツボを落とさなかった。

戻ってきたナナが驚く。風呂上がりのため、肌が火照(ほて)っていて色っぽい。

「おぉ……！　じゅーいち、すごいじゃん。常にその感覚でいれば、背筋もピンと伸びるってもんだよ」

「はい」

生存フラグはツボを頭から降ろした。

先ほどよりも視線が高くなり、心も引き締まっている気がする。

「じゃー、次の特訓いこっか。『言葉遣い』についてだよ」

「と、いいますと」

「今のじゅーいちみたいな敬語もいーけどさ。『威厳を持った話し方』にするってのはどう？」

死神№1や、死神№13は、敬語でも威厳があるが……

この二人には、天界屈指の実力があるからだ。未熟な自分は、別の方法で威厳を出すべきだろう。

ナナが本を取り出して、

「で、さっき図書館に寄って、参考になりそうな本を見つけたの！『サルでもなれる！ドS天使』って本なんだケド」

「誰が書いたんですか？それ……」

需要が謎すぎる本だ。

「別に私は『ドS』になりたい訳では」

「じゅーいち、オドオドしてるからさ。いっそのこと、強気なしゃべり方にするくらいが、いいかなって」

「な、なるほど」

自分を変えるなら、思い切った事も必要かもしれない。

本を受け取って開くと『ドS天使』になるための例文が書いてある。

たどたどしく読み始めた。

「『わ、わしは、偉大なる、天使っ……ひれ伏せ、人間共よ……』」

「もっと威厳出して！」

「『生き延びたい、なら、わしを崇め……』む、無理ですぅうー！」

真っ赤になってへたりこむ。いくらなんでも、今までと違いすぎる。

ナナは頬に人差し指を当て、

「うーん、やっぱり会話の練習だし、相手がいた方がいいよね」

「ぜひ、ぼくに協力させてくれ」

神様が歩いてきた。

ナナが、指をパチンと鳴らす。

「お～。神様さっすがぁ！　じゅーいちの修業を手伝ってくれるなんて」

「うん。ちょうど今、僕はドMでね」

聞いたことのない告白をされる。

神様が、錠剤が入った瓶を見せてきて、

「口臭予防のタブレットと勘違いして、この『ドM錠』を飲んじゃったんだ」

飲むと、とんでもないドMになる天界アイテムだ。ちなみに、とんでもないドSになる『ドS錠』もある。

「ラッキー☆　じゃあじゅーいち、神様を罵倒してよ！」

「天界の最高指導者ですよ⁉　そんなことできるわけ」

「じゃあこれ食べて」

口に、何かを放り込まれる。

「げほっ……飲んじゃった……これなんですか」

「『ドS錠』だよ。最初は薬の力を借りてもいいから、ドSデビュー、いってみよー！」

ナナが拳を突き上げる。

生存フラグは、神様を見つめた。ドMらしい卑屈な笑みをうかべている。

ドS錠のせいか本を読まずとも、サディスティックな気持ちが溢(あふ)れてきた。

「わしは——わしは天使№11、生存フラグじゃ！　天界から舞い降りし偉大なる天使。ひれ伏せ！」

神様が土下座した。中年男性の土下座は、なかなかビジュアル的にきつい。

「ははぁー！」

その頭を踏みしめつつ、

「キサマ、名を名のれぃ」

「ぼくは神……いや、豚Aです」

「よく答えられたな豚A。褒美に、あの水を飲ませてやろう」

生存フラグが親指を下に向けた。そこには、先ほど修業に使ったツボ。シュールストレミング汁入りの水が、なみなみと入っている。

神様はツボに飛びついた。

「ありがとうございまごっっふぇ!? 臭い！ でも嬉しい!!」

「よかったのう。キサマの口臭も、その水のおかげで誤魔化せるというものよ」

「なんという優しさ!! ごくごくごく!!」

ナナが、エメラルド色の瞳を輝かせる。

「じゅーいち。サマになってんじゃん！ ドS口調の方が、天使としてゼッタイ威厳あるって」

「そうか……？ ではこれからは、この口調でいってみるか」

だが、一つ不思議なことがある。

「No.7――いや、ナナ。ドS錠を飲まされたのに、キサマに対しては、まったく嗜虐的な気持ちにならぬ。なぜじゃ？」

「あー。さっきの、ただのラムネだもん」

「…………え？」

「プラシーボ効果ってヤツだよ」

『薬』と信じて飲めば、有効成分が無いものでも、効果が現れる現象だ。

生存フラグは顔面蒼白になり、ガタガタ震える。

「ととと、というと……さっきの神様への酷い罵倒は、私の素……!?」

「じゅーいち、ああいう一面があったんだね。びっくりしちゃった」

「そんな、ウソです!!」

両手で頭を押さえたとき。

コートの裾を、神様が掴んできた。

「飲み干しました！　次は何をすれば」

「考え事の邪魔するな、豚A!!」

「ブヒー!!」

蹴りを入れる生存フラグ。

ドS天使誕生の瞬間であった。

▶服装

幸せそうに気絶した神様は、彼の部屋のベッドに運んでおいた。

生存フラグはナナに尋ねる。

「ナナよ。次はどうする？」

「その言葉遣いも、馴染(なじ)んできたね～」

「確かに、凄(すご)くシックリくるな」

ナナといると、自分の知らなかった面がどんどん見えてくる。

全身をナナが観察してきて、

「ん～。口調が厳しくなったのは、いーんだけどね。今の大人しめな服装と合ってない気がしてきた」

「と、いうと？」

「まず、そのクソダサメガネを、コンタクトにしよっか」

「クソダサ……!?」

ファッションセンスに自信があるわけではないが、ヘコむ。

「コンタクトは以前買ったことがある。じゃが目に物を入れるのが怖くてな。ずっとしまておる」

「もったいないから着けなって！　あと服装はどうしよっかな……」

うーん、と唸(うな)るナナ。

両手を叩(たた)いて、

「そうだ！　包帯巻いてみるのどーよ？」

「は?? 何を言っておるんじゃ？」

「ウチら天使は、命を守るのが仕事っしょ？　包帯は身体(からだ)を治すためのものだし、すごく天使らしいアイテムだと思わない？」

そう言われると、説得力がある気がしてきた。

「ふむ。寓意(アレゴリー)というヤツか」

抽象的な概念を、具体的なもので暗示することだ。

「そうそう、そのアレなんとかだよ！」

「絶対知らんじゃろ」

まあまあ！　とナナが背中を押してくる。

「細かいことは気にしない！　ちょうどウチ、天界アイテムの包帯持ってるからさ、試しに巻いてみたら？　あとコンタクトはじゅーいちの部屋だよね。いってみよ～！」

生存フラグの部屋の前。

ナナはドアに背中をあずけていた。生存フラグが着替え始めてから、三十分ほど経(た)っている。

待っている間は、生存フラグのための修業プランを考えていた。

そろそろ着替え終わっただろうか。

「ね～じゅーいち、まだぁ～？」

「うむ、もうよいぞ」

「じゃあ、お披露目(ひろめ)～！」

ナナは、勢いよくドアをあけた。

すぐに目を丸くする。

「……は？」

生存フラグは、見違えるには見違えたのだが……

ナナの想像の遥(はる)かに、斜め上をいっていた。

身体(からだ)に直接、包帯だけを巻いていたのだ。

「そ、それ恥ずかしくないの？　ノーパンとかノーブラとかいう概念を超越してるよ……」

「キ、キサマが巻けといったのではないか」

「いや。『どこかにワンポイントで巻いたら？』って意味だよ！」

「そうじゃったのか」

生存フラグは身体をくねらせて、己の全身を見る。ナナが赤くなるほど色っぽい。

「意外と悪くないかもしれん。さきほどよりずっと動きやすい」

「それと引き替えに、失うものが大きすぎない？　あと、包帯だけだと色味が足りないような……そうだ！」

ナナは太ももから金環を外し、生存フラグに渡した。

「これつけたら、アクセントになるんじゃね？」

「じゃ、じゃが、もらうわけには」

「いいのいいの！　ウチ予備いっぱい持ってるから！」

「あ、ありが……とう」

生存フラグは金環を腕につけ、愛おしげに見つめる。

「それに、じゅーいちってさ」

「うん？」

「クソダサメガネしてたから気づかなかったけど、美人なのね！」

「なっ！　からかうな」

「照れんなよ～。隠れ美人で隠れ巨乳って、反則過ぎ」

ナナは抱きついた。

「じゅーいちって、面白いね！　ウチもっともっと、キミのこと知りたいよ！」

生存フラグが耳まで赤くなる。目をそらし、消え入りそうな声で、

「わしもじゃ……」

成果

それから二人は、いつも一緒だった。

修業でも、そしてプライベートでも。

生存フラグの誕生日は、ナナが部屋に招待して、祝ってくれた。

「じゅーいち、おめでとう！　はいプレゼント。ジェラートピケの、もこもこしたパジャマ！」

「こ、こんな可愛い(かわい)の、恥ずかしくて着れるか！」

「じゅーいちの恥の基準がわからない……まあ今日は誕生日だし、飲んで飲んで」

二人で酒を飲む。

生存フラグは大号泣。ナナにすがりついて、幼児のようにダダ甘えした。

「ナナぁ……わしを見捨てないでくれ……永遠にそばにいてくれ……」

「え、じゅーいちって、こんな泣き上戸なの？　知れてラッキー☆」


やがて修業の成果が、出始める。

人間界で一人のスパイが、犯罪組織の基地に潜入しようとしていた。

「くっ。このミッションを成功させるのは不可能に近い……だがやるしかないんだ」


「立ったぞ」


生存フラグが堂々と、腕組みして現れた。

「え、アンタは⁉」

「わしは天使。キサマは生き残る。なぜなら『成功不可能なミッション』は生存フラグじゃからな」

映画ミッション・イン○ッシブルも、なんだかんだで毎回クリアする。

「なんかすげえ自信だな。あんたの言うことなら信じられそうだ。俺には天使がついている！」

　スパイはモチベーションを上げ、見事に無事ミッションを達成。

（やった……！　初めて生存フラグを回収できた）

　それも、もちろん嬉しいが。

「うわぁあああ！　やった、やったじゃん！」

　ナナが喜んでくれたことの方が、ずっと嬉しかった。勢いよく抱きついてきたため、二人で倒れこむ。

「じゅーいち、頑張ってたもんね……ぐすっ。ふえええええ〰〰ん!!」

「な、なんでキサマが泣くんじゃ……」

　自分のために嬉し涙を流してくれる。そんな友人を得たことを、つくづく幸福に思う。

「じゅーいち、お祝いしようよ。何でもおごったげる！」

　二人で人間界の街へ。

　歩いて飲食店を物色するなか、道端に目をとめる生存フラグ。

「じゅーいち、なに見てるの？」

　そこにいたのは、寄り添うように座る二匹のネコだった。

　ナナがしゃがんで、ネコの顎を撫でながら、

「お、この子ら仲良しだね〜。なんかウチらみたいじゃん？」

「小さくて、ふわふわじゃな……かわいい……」

「もしかしてじゅーいちって、ネコ好きなの？」

「……そうかもしれん」

「また、じゅーいちの新たな一面知れた。ラッキー☆　ネコも交えて写真とろ？　はいピースして」

ナナのスマホで自撮りする。

画面を見たナナが、吹き出した。

「あはは、じゅーいちったら、相変わらずの陰キャピース。変わんねぇ〜」

「う、うるさい！」

だが映っていた生存フラグは。

以前とは比較にならない、幸せいっぱいの笑顔だった。

⚑

二人でスイーツを食べて、天界に戻る。

神様も紙吹雪で祝ってくれた。

「初のフラグ回収おめでとう！　君たちはいいペアになったね」

「にひ〜！　それほどでもあるケド！」

満面の笑みでドヤるナナ。

「そ、それにしても№11。随分イメチェンしたね。寒くないかい？　よかったらこの新作の服とかどうだろう」

神様は背中に『生涯天使』と大書されたコートを出した。いつもポジティブなナナでさえ「ないわー……」と引くダサさだ。

生存フラグも、ぷいっと横を向き、

「キサマの作ったものなど、いらん」

「あれ⁇　急激に僕に、塩対応になったような……」

ドM錠を飲んだときの醜態が、目に焼き付いているのかもしれない。

（まあ、ナナと組ませてくれたことは感謝しておる……）

生存フラグの両肩を、ナナが後ろから掴んできて、

「じゅーいちはホントは、神様にすっごく感謝してるんだよ！」

「キサマは黙れ！」

二人の姿に、神様は目を細める。

仕事でもプライベートでも、予想以上の成果だ。ナナに任せたのは大正解だった。

（よかったよかった）

その日の夜。

生存フラグは自室にいた。着ているのは、ナナのプレゼントのもこもこパジャマだ。

ノックがあったのでドアをあけると、寝間着姿のナナ。

「おぉ、どうしたんじゃ？」

「へへ～」

ナナが得意げに、手を差し出してくる。

そこにはストラップがあった。ネコが青いハートを抱いている。

「フラグ初回収の、記念だよ！」

「わしの好きなネコがモチーフ……それにこの質感、ハンドメイドか？」

「そう。急いで作ったんだ！　そして……じゃーん！」

ナナは、もう一つのストラップを取り出す。

見た目はほぼ同じだが、ハートはオレンジ色だ。それぞれのパーソナルカラーにしたのだろう。

「ウチと、おそろなんだ！　『友達の証(あかし)』として受け取ってほしーな！」

鼻の奥がツンとなる。

ナナからは、数え切れないものを貰（もら）ってきた。なのに……

「わ、わしが受け取ってもいいのか？」

「当たり前っしょ！」

「ありがとう……大切にする……」

ストラップを渡してくるナナ。

そのまま手を、ぎゅっと絡めてくる。

「えっへっへ〜。今日もじゅーいちの部屋、泊まっていい？　お酒も持ってきたし、女子会しよ？」

（なんて幸せなんじゃ）

この絆（きずな）は永遠だと、生存フラグは確信していた。

■現在

「ぴえええええ〜〜〜〜ん！　よかったぁあ〜〜〜〜〜！」

失恋フラグがギャン泣きする。

恋愛フラグが、ティッシュを箱ごと渡してあげながら、

「なるほどね〜。せーちゃんにとって、ナナさんは大恩人なんだね」

「ああ……」

今の生存フラグがあるのは、ナナのおかげ。

モブ男が何度もうなずいて、

「俺もナナさんには感謝するよ。なんたって、ドエロな包帯ファッションの産みの親だもんね」

ケツにタイキックする。

「……で、それから、どうなったんですか？」

フラグちゃんの表情は暗い。

無理もない——フラグちゃんは、生存フラグと友人になって長いのに、ナナについてほぼ知らなかった。

生存フラグとナナの間に、深い亀裂ができている事は容易にわかる。

「それは——……」

生存フラグは言葉を濁す。

ここからは辛い話になる。喋るには、かなりの覚悟が必要だ。

「今日はもう遅い。また後日な」

「……そうですか」

空気を察したのか、フラグちゃんたちはうなずく。

「じゃあボクたち、行くね。おやすみ」「せーちゃん、また明日(あした)ね～」
ドアが締まり、静かになった部屋。
棚のアクリルケースから、ストラップを取りだす。
脳裏を駆け巡るのはナナの笑顔、そして——
『**友達だと思ってたのは、ウチだけだったんだね……ごめんね……**』
泣きじゃくる姿だ。胸が張り裂けそうになった。

五話　破滅フラグを交えた特訓はどうなるのか？（二）

翌朝。

「いてて……」

破滅フラグは、愛らしい顔をしかめて宮殿を歩いていた。

全身、とんでもない筋肉痛だ。たまたま会った神様に湿布を貼ってもらい、だいぶ楽にはなったが……

仮想世界への、扉の前に辿り着く。

フラグちゃん、モブ男、生存フラグ、恋愛フラグ、失恋フラグがすでに集まっていた。

（あれ？）

生存フラグは窓の外を見つめているが、表情に陰りがある。

何かあったのかな、と思っていると、恋愛フラグがこちらに気づいて、

「おっはよ～、破滅フラグくん♥」

「ひぃいっ！」

胸をイジった後の恐怖がよみがえり、フラグちゃんの背中に隠れる。

思いっきり目をそらして、

「き、昨日はその……」

「昨日？　なんのこと？」

恋愛フラグは、額をくっつけてきた。全くまばたきをしていない。

「なんかあったっけ？」

「なにもありませんでした……」

『二度と怒らせてはいけない』と肝に銘じる。

フラグちゃんが両手を叩（たた）いて、

「さ、さあ。そろそろ訓練始めませんか？」

（先輩……！）

空気を変えてくれたことに、心から感謝した。

⚑ガラス妄想にとらわれたらどうなるのか？

ボロアパートの一室。

モブ男が突っ立ったまま、毛布にくるまっている。

なぜか座椅子や、デスクチェアなどは隅に積まれ、使えないようになっていた。

「俺の名はモブ男。ニート歴五年だ。最近、恐ろしい考え方にとらわれている」

叫ぶ。

「それは——俺の身体が、ガラスでできているんじゃないかということだ！」

「立ったね！」

破滅フラグが現れ、モブ男を指さす。

その背後にはフラグちゃんもいる。今回も後輩を見守っているのだ。

「アンタの今の症状は——」

「ち、近寄らないでくれぇ！　俺に触るなぁ！」

モブ男が距離をとる。

破滅フラグは、部屋の隅に積まれた椅子を見て、

「ふぅん、やっぱりアンタは今『ガラス妄想』のようだね」

「ガ、ガラス妄想？」

「『自分の身体がガラスなんじゃないか』と思うことさ。『何かにぶつかると、粉々になる』と考えてる。だから毛布を身体に巻いてるんだろ？」

エヘンと胸を張り、得意げに知識を披露する。

「『狂気王』といわれたフランス王・シャルル16世も、この症状だった。彼は自分の身体が砕けないように、鉄の棒を服に縫い付けていたらしいよ」

「後でやってみよう」

狂気王の真似（まね）をしようとするモブ男。

椅子に座れないのも、ガラス妄想の典型的な症状だ。『座ると尻が砕ける』と考えるのである。

フラグちゃんが心配そうに、

「でもそれじゃ、まともに生活できませんね……ニートだから、元々まともじゃないですが」

「慰めるときは、ちゃんと慰めてくれない？」

ニートが切なげに言う。

「くそっ。しかしガラス妄想か……これじゃ、女の子を抱きしめることもできないじゃないか！」

「もとから抱きしめてないでしょ」

フラグちゃんが悲しいツッコミをする。

破滅フラグは笑顔で飛び跳ねた。パーカーの裾がふわっとなり、白い太ももが見えた。

「もう、破滅待ったなしだね！　就職はおろか外に出ることすら難しいもん。症状が重篤になると『ガラスになろう』としてガラス炉に飛び込むこともあるんだよ！」

「そ、そうなのか……しかし破滅フラグくん、博識だね」

「へっへーん！」

破滅フラグがドヤった時。

アパートのドアが突然開き、目出し帽とロングコートを着た人間が乱入してきた。

なんと、金属バットをフラグちゃん目がけてふりかぶる。

「「え？」」

あまりに唐突な事態に、死神二人は動けない。

だが。

「フラグちゃん危ない！」

モブ男は反射的に、フラグちゃんをかばい……

思いっきりケツバットされた。

「いってえええええええ！」

のたうち回る。

謎の人物が、目出し帽を外した。長い銀髪がふわっと広がった。

「え、生存フラグさん!?」

金色の瞳を見ひらくフラグちゃん。

生存フラグはバットで己の肩を叩きながら、モブ男を見下ろし、

「どうじゃ。身体のどこも、砕けておらんじゃろう」

「あ……確かに……」

「キサマが、ガラスでないという証明じゃ」

「俺、変な思い込みしてたんだね！　これで安心して生活できるよ！」

生存フラグはロングコートを脱ぎ捨てて、

「立ったぞ。妄想を捨てるのは生存フラグじゃ。破滅フラグはへし折った」

「そ、そんなぁー！」

破滅フラグが頭を抱える。

フラグちゃんが、薄い胸を張り、

「生存フラグさんは優秀ですからねぇ」

「なんで先輩がドヤるのさぁ……」

一方モブ男は、足取り軽くアパートを出ていく。久しぶりに外出できて、嬉しいのだろう。

破滅フラグは、生存フラグを見上げた。角度的に胸の存在感がすごい。

「ねえ、どうしてアイツが、先輩をかばうってわかってたの？」

「それはまあ……そういうヤツだからじゃ」

この言葉を思い出す。

『人をあなどらず、よく見るんです。何に喜んで、何を悲しむのか。そうすると相手の考えてることが、ちょっぴりわかるようになります』

つまり生存フラグは、モブ男をよく『見て』いたということだろう。それがフラグ回収につながったのだ。

(なるほど、見習わなきゃ——あれ?)

パトカーのサイレンが聞こえてきて、近くで止まった。

破滅フラグたちは窓を開けて、外を見る。

モブ男が警察に捕まっていた。どうやらモブ美を出会い頭に抱きしめて、逮捕されたらしい。

長らく外に出なかったことで、たまりにたまった欲望が爆発したようだ。

「モブ男の破滅フラグ、回収できちゃった……」

「なんでじゃーー!」

天を仰ぐ生存フラグ。

モブ男の予想のつかなさは、さすが『練習台（トレーナー）』というべきか。脊髄反射で生きてるだけだと思うが。

六話　大罪シスターズに教えを受けたらどうなるのか？

▶大罪シスターズ登場

破滅フラグ、フラグちゃん、生存フラグ、モブ男が、仮想世界から宮殿へ戻ると。

パン！

恋愛フラグと失恋フラグが、クラッカーを鳴らして祝ってくれた。

「『破滅フラグくん、仮想世界での回収、おめでと～！』」

破滅フラグは内股をこすりあわせて、

「お、大げさだよ。たまたまだし……」

「照れてる。かわい～」

恋愛フラグが頰をつついてきた瞬間。

ペタンと、尻餅をついてしまう。

「いてて……」

「あれ、どうしたの？」

「ちょっと筋肉痛がひどくなって」

　生存フラグが傍らに膝をつき、ささやいてくる。

「もしや昨日入れ替わった際、わしが筋トレしたからか？　腕立て、腹筋、スクワットをそれぞれ千回やったからな」

「まったく、ゴリラみたいな人だね」

「そ、それはちょっと褒めすぎじゃ……」

　ぽっと頬を染める生存フラグ。優しくて強いゴリラは、リスペクトの対象らしい。

（この調子だと、今日はもう仮想世界での特訓続けるのキツいな）

　破滅フラグが白い太ももを揉んでいると。

「やあみんな、お疲れ様」

　サンダルをペタペタ鳴らし、神様が歩いてきた。

　フラグちゃんが見上げて、

「神様、どうかしたんですか？」

「うん。今日は特訓を早めに切りあげるのはどうかと思ってね。No.２７０も疲れているようだし」

（神様……！）

　尊敬の念を新たにする破滅フラグ。

　神様は、朝に湿布を貼ってくれた際、コンディションを把握してくれたのだろう。

恋愛フラグが顎に人差し指をあてて、

「そうしよっか。時間余ったし、これからスイーツでも食べない？」

（スイーツ……！）

わくわくしていると、神様が、

「あ、死神№２６９は残ってくれ。してもらいたいことがあるんだ」

フラグちゃんが、細い首をかしげたとき。

三人の女性が近づいてきた。それぞれの髪の色は赤、紫、白。

雰囲気からすると、死神らしい。みな手袋をし、その上に色違いの指輪をつけている。

長身で赤髪の、胸の大きな女性がいう。

「おぅクソ神！　あーしらをわざわざ呼んで、何の用だよ」

神様が、フラグちゃんの背中を押して、

「死神№２６９に、フラグ回収のお手本を見せてあげてほしいんだ」

「ええっ」

驚くフラグちゃんの耳元で、神様がささやく。

「この三人は優秀だ。教えを請えば、さらに成長できると思うよ」

「な、なるほど……！」

両こぶしを握るフラグちゃん。

赤髪の死神が声を荒げる。

「はぁ⁉　なんでそんなダルいこと……」

「よろしく頼むよー！　ちょっとトイレ行ってくる！」

「ちょ、待て神、丸投げすんじゃねえー‼」

ダッシュしていく神様。

フラグちゃんは赤髪の死神に、おずおず頭を下げる。

「あ、あの、わざわざすみません……」

「あぁ⁉」

「ひぃっ」

ヤンキーみたいな返しに、フラグちゃんが涙目になる。破滅フラグもビビった。

生存フラグが庇（かば）うべく、一歩前へ出てくれた時。

「自分が悪いわけじゃねーのに、ヘコヘコすんな！　そんなんだから、いじめられんだよ！」

口調は怖いが、言葉の内容からは思いやりが感じられる。

赤髪をガリガリ掻（か）いて、

「はぁ～、しゃーねえな。このまま帰んのも後味わりぃから、『フラグ回収の手本』ってのを見せてやるぜ」

紫髪の死神が、口の端をつりあげ、

「姉さんは相変わらず、なんだかんだで面倒見いいですね」

「うるせーよ。まずは自己紹介しねーとな」

結構キッチリしているようだ。

赤髪は、己を親指で示し、

「あーしは死神№71。『憤怒の死神』って呼ばれてんだ。役割（ロール）は死亡フラグだな」

「俺の名はモブ男（お）！　デカパイお姉さん、付き合って下さい！」

「初対面で何言ってんだテメーは!!」

『憤怒』が、モブ男に前蹴りを放つ。

続くのは、コートを着た紫髪の死神。ハスキーな声で、

「私は死神№72『強欲の死神』です。役割は姉さんと同じ死亡フラグです」

続いて白髪の死神。甲高い声で、

「キャハハハハハハ！　ワタシは死神№77『嫉妬の死神』！　役割は恋愛フラグ！　もちろん別れさせる方だけどｗｗｗ」

（怖っ!!）

目がイッている。破滅フラグは生存フラグの陰に隠れた。

そして『憤怒』が締める。

「あーしら合わせて、大罪シスターズってんだ！」

「は、はい！　私は死神№２６９です！　よろしくお願いします！」

　フラグちゃんは、ふかぶかと頭を下げた。

　失恋フラグが指をくわえて、

「シスターズって、いいなぁ……れんれん、アタシたちも51(ごーいち)シスターズって名乗らない？」

「名乗らない」

「ぴえん」

　一方、生存フラグはさっきから一言も喋(しゃべ)らない。人見知りなので、緊張しているようだ。

『憤怒』が腕をぶん回して、

「よーし、まず、あーしからフラグ回収の手本見せてやる……えーと、この扉から、仮想世界ってトコに入るのか？」

「はい」

「よし、ついてきやがれ№２６９！」

　そして二人は、扉をあけた。

⚑『憤怒』のスタイル

（俺の名はモブ男、公園で絡まれている）

「てめぇふざけんなよ！」

凄んでくるヤクザ。

彼と腕を組んでいるのは、薄笑いを浮かべた女——ギャル美だ。

ギャル美にナンパされてホイホイついてきたところ、ヤクザが現れたのだ。典型的な美人局である。

ヤクザが唾を飛ばしながら、

「てめえ……俺のギャル美に手を出したら、どうなるかわかってんな？」

「ギャル美が俺に乗り換える？」

「いや、プラス思考か！　金だよ金！」

ギャル美が小突いてきて、

「アタシらに、慰謝料払えっつってんの！」

「どうせ慰謝料払うなら、おっぱい揉ませてもらっていいですか？」

「イカれてんのかお前！」

モブ男はボコボコにされ、金を奪われた。

倒れ伏して地面をたたく。

「くっそう……俺の全財産が……憎い！　あいつらが憎い！」

「立ったぜ？」

『憤怒』が現れた。その傍にはフラグちゃんもいる。

モブ男は鼻の下を伸ばし、

「あ、さっきのお姉さん。やっぱり俺と付き合う気に？」

「どういう思考回路だ？　それよりお前、えらい目にあったな」

「ああ、悔しいよ……全財産の八百円を取られたんだから！」

すっくな、と『憤怒』はささやき、モブ男の傍らにしゃがむ。右手の赤い指輪が、妖しい光を放った。

「そうだ。許せねえよなあ……」

「な、なんだ……!?　怒りが増大していく！　制御できないほどに！」

モブ男が飛び起き、わなわなと震えた。

フラグちゃんは金色の瞳を見ひらいて、

「モブ男さんの様子──その指輪と、何か関係が？」

「これは天界アイテム『憤怒の指輪』だ。相手の怒りを増幅させることができるのさ」

「怒り……」

「人は怒りで頭に血がのぼると、冷静な判断ができなくなるからな。怒りを煽れば、フラグ回収できる。優秀な死神になりてーなら、自分の得意分野を磨くといいぜ」

『憤怒』の説明は丁寧で、フラグちゃんを軽んじる印象は全くない。

（ぶっきらぼうだけど、優しい人なのかも）

一方モブ男の瞳には、かつてない憎悪が燃えている。

「『憤怒』さん。俺、ああいう犯罪者を取り締まるために、警官になって出世するよ！」

「ん？　意外と真面目な結論……」

「だから東大に受かって、警察のキャリア組になる！」

「お、おう、頑張れよ」

それからモブ男は予備校生になり、六十年連続で東大に落ち続けた。

社会的に完全に死亡である。『憤怒』は見事に、死亡フラグを回収した。

⚑『強欲』のスタイル

続いてフラグちゃんが教わるのは、ハスキーな声の死神『強欲』。

二人は仮想世界の競馬場にいた。フラグちゃんは『強欲』の右手の、紫の指輪に目をとめる。

「もしかしてその指輪も、『憤怒』さん同様――」

「そう。天界アイテム『強欲の指輪』。相手の欲望を高めることができます。人間№1にどう使うか、よく見ているといいです」

『強欲』が視線を移す先には、モブ男。

「俺の名はモブ男。今日は競馬で大勝負をしにきた」

彼は周囲の、目の色を変えて予想する人々を見て、

「ふふふ、みんなバカだなあ。勝てるかどうかわからない予想に、血眼になって」

自信満々に、

「俺は違う――なぜなら、『馬券必勝法』を知っているからな！」

「立ちました……」

『強欲』がテンション低めに近づく。

「あ、さっきのミステリアス美人さん」

フラグちゃんが『死亡』の小旗を振って、

「ギャンブルでの『必勝法』は死亡フラグです。大負けするのがオチですよ。いったい『必勝法』ってなんですか」

モブ男は鼻の穴をふくらませ、

「『馬券必勝法』を売ってる人から、五万で買ったのさ！」

「本当にそれが『必勝法』なら、その人が自分で馬券を買えばいいじゃないですか」

秒で論破されるモブ男。

「で、でも五万も使った以上、賭けないわけにはいかない」

案の定。

モブ男が買った馬券は大外ればかりだった。「ちくしょー!!」と、のたうちまわる彼に『強欲』が声をかける。

「このまま負けっぱなしでいいんですか？」

「確かにそうですけど、もう金が」

「一度大勝ちすれば、全て取り戻せるんですよ。私、いい賭博場を知ってます」

「連れていって下さい！」

そして二人は、裏カジノで様々なギャンブルに挑戦した。

賭けるものは金だけではなく、持ち物や服にも及び……モブ男は裸にひんむかれた。

「また負けた……はっくしょん」

「ふっ、愚かですね。はっくしょん」

「って、強欲さんも負けてるじゃないですか！」

フラグちゃんが突っ込む。『強欲』が着ているのは、コートのみだ。

「くそっ。今度こそ俺は勝つ」

「ダメですよ！　さすがに、もう賭けるものないでしょう」

「いや……ある。内臓だ！　ここまで連敗したってことは、確率的にそろそろ勝てるはず」

「それ、ギャンブルの負けフラグ……」

そしてモブ男はやはり負け、内臓ごとにバラ売りされた。

フラグちゃんはその死を悼みつつ、『強欲』の手際に舌を巻いた。

「いつ『強欲の指輪』を使ったんですか？　全然わかりませんでした」

「私、使ってないです」

「えっ」

「アイツは欲望の塊でした。なので必要なかったです」

『強欲』は楽しそうに笑い、

「あんな人間、見たことないですよ。面白い」

「あはは……あれ、そういえば『強欲の指輪』は？　着けてないですけど」

「バクチのカタにとられました」

「天界アイテムを!?　ダ、ダメですよ、取り戻さないと！」

フラグちゃんは代わりにギャンブルに挑み、見事に取り戻すことができた。

『強欲』が紫の瞳を輝かせる。

「おお、貴方には博打の才能があるようですね」

「死神の才能が欲しかった……」

フラグちゃんは、せつなく呟いた。

『嫉妬』のスタイル

別の仮想世界。

続いてフラグちゃんが教えを受けるのは『嫉妬』だ。

「キャハハハハハハ！『憤怒』姉さんや『強欲』姉さんと打ち解けたみたいね？　憎～～～～～～～い!!」

大鎌で地面をザクザク突き刺している。かなり怖い。

一方。

この仮想世界のモブ男は、公園で歯ぎしりしていた。

「ぐぎぎぎぎ……！」

視線の先では――恋人のモブ美が、モテ男と手を取り合っている。

「モブ美さん、俺とのデートは楽しい？」

「そうね。やっぱり男はイケメンに限るわ」

たまりかねて、モブ男(お)は近づいていく。

「モブ美(み)！　俺という彼氏がいながら……」

「キャハ☆　修羅場だ☆　リア充はみんな滅んじゃえ！」

『嫉妬』が姿を現す。その隣にはフラグちゃんがいる。

モブ男はいきなり地雷を踏む。

「あ、さっきのペチャパイさん」

「は⁉」

『嫉妬』の額に血管が浮く。

「非リアのクソモブが、よく言ったねｗｗｗｗ　この天界アイテム『嫉妬の指輪』の威力を味わうといいよｗｗ」

右手の指輪が、怪しい光を放つ。

「ぐっ、これは……？」

モブ男の表情が、いっそう浅ましくなり、

「羨ましい、イケメンが羨ましい！」

「キャハ☆　指輪が効いたね。で、アンタどーしたいの？」

「決まってる……整形だ！　どんなに金がかかろうと、モテ男みたいな顔になってやる！」

それからモブ男は。

半年ほどかけ、モテ男そっくりの顔に整形した。

「どうだいフラグちゃん」

「た……確かに、完全にモテ男さんです。でも、お金どうしたんですか？」

「『臓器　お売り下さい』という看板の店で、腎臓を片方、高値買い取りしてもらったんだ」

「闇のブッグオフかな？」

ともあれ、モブ男の『イケメンになる』という目的は達したはず。

「これで、モテ男さんへの嫉妬は消えましたね」

「いや……まだ憎いよ。イケメンって、身体も、内面もかっこよくなきゃいけないんだ」

モブ男は己の全身を見て、

「なのに俺は、足はモテ男より短いし、ちょっとスケベだったりするだろ？」

「ちょっとではないですが……でも、どうしようもないでしょう」

「いや――ある！」

そしてモブ男は、見るからに怪しい建物へ入っていく。看板には『お茶の水虫博士研究所』とある。

「ここの科学者は、凄腕らしい。身体も頭脳もイケメンにしてもらうんだ」

「ええ……!?」

そしてモブ男は――

顔はモテ男のままだが、脳みそは人工知能と換えられ、スタイル抜群の人造ボディになった。

「やあフラグちゃん。今日も可愛いね」

「うわぁぁああ気持ち悪い!!」

ほぼクリーチャーである。

モブ男は両手を胸の前で交差させる。カッコイイポーズのつもりらしい。

「気持ち悪いなんて酷いな、こんなイケメンをつかまえて」

「でもモブ男さんの要素が一つも……っていうか、あなたはモブ男さんですか？」

「そんなの、そうに決まって――あれ？」

考え込むモブ男。

そこへ『嫉妬』がささやく。

「キャハハハ……ねえクソモブ。『テセウスの船』って知ってる？」

昔、あるところに『テセウスの船』という大きな木船があった。

時代が経つにつれ船は朽ちていくが、人々は新たな木材で補修していく。

これを見た哲学者たちは議論した。

「船の全ての部品が、新しい木材に置き換えられたとき
果たしてそれは『テセウスの船』といえるのだろうか？」

『嫉妬』は満面の笑みで、

「ねぇクソモブ。あんた、元の身体は微塵も残ってないみたいだけど、それでも自分が『モブ男』って言えるの？　アンタは誰なの？」

「お、俺は、俺ハ……!!」

答えの出ない問い。

結果、人工知能がショートして爆発した。

「モブ男？　さ――――ん!!」

「キャハハハハハハ☆　死亡フラグ回収っとｗ」

「すごい……でもあなたは、恋愛フラグなのでは」

「いーのいーのｗ　楽しかったからｗｗｗ」

策をめぐらせ、フラグ回収よりも『楽しむ』ことを優先する姿勢。まるで……

「『嫉妬』さんは、少し恋愛フラグさんと似てますね」

「ハァア!?」

額と額をくっつけてきた。目がバキバキに血走っている。『ペチャパイ』同様の地雷を踏んでしまったらしい。

「あの、パッド盛り盛りピンク天使と似てるぅ!? もっぺん言ってみてくれるぅ!?」

「ごご、ごめんなさぁい！」

同族嫌悪というべきか。

どうやら恋愛フラグとは、不倶戴天（ふぐたいてん）の敵のようだ。

⚑

フラグちゃんは、大罪シスターズ三人との訓練を終える。

天界へ戻ると神様、それに先ほどはいなかった緑髪の死神――死神№13もいた。

神様が手を挙げて、

「やあ№269、お疲れ様。大罪シスターズとの訓練はどうだった？」

フラグちゃんは、金色の瞳をきらきらと輝かせ、

「回収の方法にそれぞれの個性が出ていて、さすがって感じでした」

「大罪シスターズは優秀なので、二つ名が付いてるんだ。『憤怒の死神』『強欲の死神』……キミもいつか、二つ名のある死神になれるといいね」

「はい！」

（『慈愛の死神』とかね）

　神様が心中でつぶやく。

　その横でNo.13が、何故か憂い顔でうつむいている。

「どうしたんですか？」

「いえ……かつて私も貴方に、フラグ回収の方法を教えたことがありました。でも大罪シスターズの方が、私より上手だったと思って……」

　自分に厳しい、No.13らしい落ち込み方だった。

『憤怒』が肩をすくめて、

「別にヘコむことねーだろーが！　誰しも向き不向きがあるんだからよ」

「その通りだ。頼るところは頼ればいいのさ」

「オメーは丸投げしすぎだ!!」

『憤怒』が神様の耳をひっぱった。

「じゃあ、あーしらの役割は終わりだな。No.２６９。これからもガンバレよ」

「そのうち、ギャンブルの誘いをしにいきます。競馬場グルメとか、おいしいですよ」

「キャハハハハ!! クソモブが死ぬとこ見れて満足ｗｗｗ」

フラグちゃんは深々と礼をする。

「ありがとうございました！」

「いーって。今度メシでも食おうぜ」

頭を『憤怒』が撫(な)でてきた。それからフラグちゃんは、『強欲』とＬＡＮＥ(レイン)のＩＤを交換する。

「……」

その様子を、生存フラグが不安げに見つめている。

頬(ほお)を恋愛フラグがつついて、

「はは～ん。せーちゃん、友人のしーちゃんが、他の子と仲良くしてて寂しい？」

「そ、そんなことは」

生存フラグは図星をつかれ、唇をかんだ。

（なんという心の狭さじゃ。これでは『あの時』と変わらないではないか――）

そう思った時。

「モブく～～～～～ん！」

失恋フラグが、モブ男(お)の右腕をとった。

「特訓終わったし、遊びましょ！ №２６９は置いて、二人っきりで」

「ちょ、ちょっと待って下さい！」

フラグちゃんが対抗心から、思わずモブ男の左腕をとる。

「モブ男さん、その……料理の練習に付き合ってくれませんか？」

「俺きょう三回も死んでるんだよ？　四回目は嫌だよ」

「どういう意味ですかー！」

三人は、賑やかに去って行く。

神様は苦笑した。

「ふふ、若いっていいねえ。あれ『嫉妬』。どうしたんだい？」

「…………」

『嫉妬』が、ギリギリと歯ぎしりしている。

壁にパンチして、

「なんなの、あのクソモブ!!　とんでもないリア充じゃん!!　非モテ非モテ詐欺だよ!!」

ラブコメの主人公は『モテない』と言いつつもモテるものだ。

「ちなみに仮想世界のモブ美ちゃんも、モブ男くんが好きだよ☆」

「はぁ!?　ピンク髪が私の嫉妬に油を注いでくる!!　憎〜い!!」

怒り狂う『嫉妬』は、『憤怒』に引きずられていった。

生存フラグが苦笑していると。

「じゅーいち！」

「！」

心臓が大きく高鳴った。

振り向く。

金髪ポニーテールを揺らし、駆けてくるのは。

（ナナ……！）

せつなさが胸をしめつける。

ナナは恋愛フラグや破滅フラグを一瞥し、沈んだ声で、

「……じゅーいち、友達ができたんだね。嬉しいよ」

（……っ）

話したいことは山ほどある。

だが。

廊下の向こうには、ナナの友人二人。こちらを睨みつけている。自分と話すと、ナナが嫌われるかも知れない。

「……キサマには関係ないじゃろ」

「！」

身をひるがえす生存フラグ。うつむくナナ。

そんな二人の姿に、神様の胸が詰まる。

（——ああ、あんなに仲が良かったのに、どうして）

何度も生存フラグに、ナナとの関係を修復するよう忠告した。

だが『キサマには関係ないじゃろ、うすのろ』の一点張りだった。

この状況を打開してくれるのは、フラグちゃんたちだけだろう。

七話　破滅フラグを交えた特訓はどうなるのか？（三）

その翌日も。

破滅フラグ、フラグちゃん、生存フラグ、恋愛フラグ、失恋フラグ、モブ男は、仮想世界への扉へと向かっていた。

破滅フラグは、モブ男を見上げて、

「しかしアンタも、よく毎日訓練に付き合うね。昨日も仮想世界で内臓売られたりしたのに……」

「生存フラグさんとの初対面でも、内臓売られたからねえ。もう慣れたよ」

「価値観がイカれてない？」

愛らしい顔をひきつらせる破滅フラグ。

そして仮想世界での訓練が、今日も始まった。


究極のヒモになったらどうなるのか？

ボロアパートで、モブ男がゴロゴロしていた。

（俺の名はモブ男。バイトをクビになり、途方にくれている）

生活のためには働かなければならないが、ダルすぎる。

「あぁ、女性のヒモになりたい——一生働かなくてもいいほど、究極のヒモになりたい！」

「立ったね！」

破滅フラグが現れ、モブ男を指さした。

彼の様子を見学するためか、フラグちゃん、生存フラグ、恋愛フラグ、失恋フラグもいる。

「アンタみたいなモブが、女性に養ってもらえるわけないじゃーん！　そんなの目指すだけ、破滅まっしぐらさ！」

「いえモブくん、アタシが養——むぐっ」

失恋フラグの口を、恋愛フラグが塞いだ。

『面白いこと』が好きな彼女。鉱山に閉じこめられた仮想世界でも、モブ男は失恋フラグのヒモになった。同じ展開ではつまらないと思ったのだろう。

「そうだ☆　ねえモブ男くん、いっそのこと別の生き物になるのは？」

恋愛フラグが差し出したのは、天界アイテム『メタモルドリンク』だ。飲めばどんな生物にも変身できる。

「師匠、どういうこと？」

「破滅フラグ君の言うとおり、今のモブ男くんがヒモになるのは難しい。でも別の生き物なら、あっさりヒモ生活ができるかもよ」

破滅フラグは考える。

（よし、ここは恋愛フラグさんの提案に乗ってみるか。そしてモブ男を、破滅間違いなしの生き物にするんだ）

たとえば――

「ライオンになるのは、どう？」

「おお、百獣の王！　動物番組ではハーレム作って、メスに狩りしてもらってたな。最高じゃないか！」

鼻の下を伸ばすモブ男。

そこへ生存フラグが、ピシリといった。

「たわけ。ライオンが、大人になるまでの生存率はわずか二割。しかもハーレムの主となるためには、他のオスとの激しい競争に勝たねばならぬ。バイトもできないキサマには無理じゃ」

（ぐぬぬ）

思惑を潰されて、呻く破滅フラグ。だが再び頭をひねって、

「じゃあモブ男、カマキリはどう？」

「いいね、強そう」

生存フラグが割って入る。

「カマキリのオスは、メスと交尾したあと食われる。他にも、ハリガネムシに寄生されて入水自殺したり、いろいろな死に方がある」

「そ、それはきつい……」

ことごとく論破される。

（さ、さすが優秀な天使……！　他に何かないか、えーと、えーと……）

破滅フラグが頭を抱えているうちに。

生存フラグは、モブ男に提案する。

「チョウチンアンコウは、どうじゃ？」

「えぇ？　全然ピンとこないんだけど」

「キサマには最高じゃと思うぞ。まさに『究極のヒモ』。わしが保証する」

すさまじい自信だ。

しかも彼女が提案するということは、生存の確率が高いということ。

「よし、じゃあ俺、チョウチンアンコウになるよ！」

「あー、もー！」

破滅フラグは萌え袖を噛んで悔しがる。フラグちゃんが背中を撫でて慰めてくれる。

一方、失恋フラグは、恋愛フラグに耳打ちしていた。

「れんれん、お願いがあるんだけど――」

⚑究極のヒモ生活

深さ八百メートルほどの海中――

モブ男はチョウチンアンコウのオスになり、ただよっていた。体長は四cmほどだ。

『メタモルドリンク』を飲み、ここまで生存フラグに運んでもらったのだ。

(自分でエサ取るのめんどくさいし、早く『究極のヒモ』になろっと)

ヒレを動かして海をただよい、メスを発見。

自分より遥かに大きい――四十cmほどある。額の発光器官が輝いている。しかもモブ男を誘うように、尾を振っているではないか。

(よし、行きます！)

本能に引き寄せられるように、メスの背中にくっつく。

皮膚を軽く噛むと、栄養たっぷりの血液が飲めた。

ずっとこうしていれば、生きていられるし、自分で動く必要も無い。

「楽ちん楽ちん！　まさにこれこそ『究極のヒモ』！」

メスが振り向いた。

「やっと会えたね……モブくん♥」

「も、もしや失恋フラグちゃん!?」

「れんれんから『メタモルドリンク』をもらって、チョウチンアンコウのメスになったの♥」

人魚姫すら越える愛だ。

そのストーカーっぷりに、モブ男は逃げようとしたが。

動けない。いつのまにか身体（からだ）のヒレがなくなっている。

「な、なんで――」

「オスはメスにくっつくと、自分で泳ぐ必要がないので、ヒレが退化するのよ」

「嘘（うそ）ぉ!?」

それどころか。

「は、離れられない!!」

「チョウチンアンコウのオスは、メスと完全にくっつき、やがて一体化するの」

「えぇ!?」

目すら、よく見えなくなっていく。内臓もドロドロになっていく。失恋フラグと溶け合うような感覚だ。

失恋フラグが大興奮し、発光器官を明滅させる。

「あぁ……モブくんと一つになってるのね。たまらないわ!!」

「ハナシ……テ……失恋フラグ……チャン……」

意識が遠のく。

まさに『究極のヒモ』。考える必要すらなく、メスと一体化し、精子を提供するだけの存在になるのだ。

「ずっと一緒よ♥　モブくん、この深海で……!!」

(ギャ――!!)

失恋フラグ、Happy End(ハッピーエンド)!

仮想世界から出た一行。

失恋フラグは、染まった両頰に手を当てる。

「はぁ〰〰〰最っ高ぉ♥」

恋愛フラグが大きく伸びをして、

「あ~楽しかった☆　さすがせーちゃん。ナイス提案」

「生存フラグを回収したな。破滅フラグよ、わしの勝ちじゃな」

「この三人、やばい……」

唯一まともなのは、先輩だけかもしれない。

破滅フラグがそう思い、フラグちゃんを見ると、指をくわえていた。

「失恋フラグさん、うらやましい……」

このグループに入って良かったのかな、と破滅フラグは思った。

そこへ。

サンダルをペタペタ鳴らして、神様がやってきた。

「やぁみんな、お疲れ様」

「神様、どうされたんですか？」

「ちょっと君たちに頼み事があってね。とっても大事なことなんだ」

重々しい前置きに、緊張が走る。

「優秀なぼくに任せてよ、神様！」

破滅フラグは、フンスと鼻息を荒げた。神様に認めてもらうチャンスだ。

「うん、よろしく頼むよ。で、頼みというのが――」

神様は、深く頭を下げて、

「死神№１の鎧（よろい）を、脱がせてほしいんだ」


「「「「は？」」」」

八話　死神No.1の鎧を脱がせることはできるのか？

——先日天界に大騒動を巻き起こした、死神№１。

身長百三十センチもない、可憐な少女だ。

それでは『威厳に欠ける』と本人は思い、普段は甲冑や髑髏の仮面でごまかしている。

真の姿を知っているのは、天界でも一部だけだ。

（でも、それでいいのだろうか）

神様は疑問に思う。

真の姿を隠していては、他者と濃密な付き合いはできない。

№１は『孤高の存在』ではあるが『孤立』もしているのだ。現にそのせいで、あれほどの暴走をしてしまったのだから。

甲冑を脱ぐことは、№１が天界にとけこむ第一歩となるだろう。

（№２６９たちなら、いい方法を見つけてくれるかも知れない）

神様は、そう期待していた。

「ねえねえ神様」

「うん？」

神様のアロハシャツの裾を、破滅フラグが引いてくる。この子は№1の、真の姿を知らない。

「よくわかんないけど、『最強の死神』№1さんの鎧を脱がせればいいんだね」

「うん。見事達成したら、ご褒美をあげるよ」

「ホントっ？」

破滅フラグが、夢見るように遠くを見つめ、

「あ〜！　№1さんの素顔見るの楽しみ！　きっとスーパーモデルみたいな抜群のスタイルで、大人の魅力あふれる美人なんだろうな！」

（ハードルを上げないでおくれ！）

神様は渋い顔をした。フラグちゃんたちも、なんともいえない表情をしている。

その時。

「あの、神様……」

ドレス姿の№1が、トテトテと歩いてきた。

神様は驚いて、

「あれっ、甲冑脱いだのかい？」

「はい。私のために、神様に頭を下げさせるなど申し訳なくて……」

「偉いよ、№１！」

感激する神様。

一方破滅フラグは、何度もまばたきする。

「え……この子が、№１!?」

クソガキ感あふれる笑みで、

「僕より小さいね。な〜〜んだ！　最強の死神って言うから期待してたのに、威厳なんてないチビッ子じゃん！」

ぽかっ。

生存フラグが頭を小突く。破滅フラグは涙目になった。

「いった！　なにするんだよ」

「キサマというヤツは……ほれ、見てみろ」

№１はいつのまにか鎧を着ている。中から、涙声が聞こえてくる。

「二度とコレを脱ぎません……」

「ほら、こうなるじゃろーが！」

教育に厳しいお母さんみたいである。

神様が鎧をコンコンと叩(たた)く。ひきこもりを部屋から出そうとするかのようだ。

「№1、大丈夫だよ。出ておいでー」

「神様……私、このままでいいです。今みたいにナメられるの嫌ですし」

「本当の敬意は、見た目で勝ち取るものじゃないよ。君は優秀な死神だ。でもさらに一皮むけるためには、鎧を脱いで、本音で付き合う必要がある」

キリッと表情を引き締め、

「鎧を脱げば——心の鎧も脱げるさ」

「神様……！」

『うまいこと言った感』を出す神様に、生存フラグがちょっとイラッとした。

神様は、フラグちゃんたちを見まわし、

「明日から№1には、人間界での死亡フラグの回収を再開してもらおうと思っている。鎧を脱ぐのに、いいタイミングだと思うんだ」

「なるほど〜。夏休み明けに、イメチェンして登校する生徒みたいなもんだね」

恋愛フラグが頷く。

今度はモブ男が鎧を叩いて、

「№1さんは、威厳を保ちたいんだよね？」

「は、はい」

「でも漫画とかだと、デカいヤツよりさ、ちっこい子の方が強キャラ感あるでしょ？　フリ○レンしかり、フ○ーザ様の最終形態しかり」

「確かに……」

「No.１さん最強なんだし、そういう方向性で行ったら？」

No.１は、心を動かされたようだ。鎧から出てくる。

神様は感心した。

「おお、やるねモブ男」

「はっはっは！　俺は天使や死神を導く『練習台（トレーナー）』だからね！」

めちゃくちゃ調子に乗るモブ男。失恋フラグがチョロくウットリしている。

No.１は、うつむいて、

「でもこのままの姿で、他の死神や天使の前に出るのは、ちょっと勇気が……」

恋愛フラグが、破滅フラグの脇腹をつつく。

「確かにキミの、さっきの反応見ちゃうとねえ」

「わ、悪かったよ……」

唇を尖（とが）らせる破滅フラグ。

続いて恋愛フラグは、膨らんだ胸の前で両手を合わせる。

「で、ボクから提案なんだけど――『威厳のある服装をする』ってどうかな。軍服とかさ。なんだかんだで、服装は大事だからね」

「な、なるほど。あなたにしてはいい案ですね」

№1が、エメラルドグリーンの瞳を輝かせる。

恋愛フラグが手を掲げ、デジカメ型の天界アイテム『フクカエール』を出した。

次々と№1に『威厳のある服』を着せていく。

軍帽と軍服、高級感のあるスーツ、徳川幕府の将軍が着るような衣冠束帯まで。

可愛いもの好きの生存フラグが、スマホでバシャバシャ撮影している。

№1は得意満面で、胸を張る。

「どうです、威厳に満ちあふれているでしょう！」

「うーん……」

恋愛フラグが苦笑し、

「幼児が頑張って、コスプレしてるようにしか見えないね～」

「なんですって！」

愕然とする№1。

「じゃあ結局、何の意味もなかったじゃないですか」

「力を落とすな。わしのコレクションは増えたぞ」

「あなたにしかメリットがないでしょー！」

むきー、と両手を振り上げる№1が可愛い。

生存フラグがキュンとしつつ、

（ならば『着れば勇気が湧いてくる服』などないものか……おお、そうじゃ）

内気な自分が一皮剥けるキッカケとなった、服装があるではないか。

「ドレスでなく、わしのように包帯を着るのは？」

「罰ゲームじゃないですか」

「罰ゲーム⁉」

普段着を罰ゲーム呼ばわりされ、ショックを受ける。

それからも沢山の案が出たが、やはり正攻法が一番という結論になる。

「つまり、この姿でいくしかないと……」

№１は、しょんぼりと肩を落とした。

⚑

翌日。

№１が、死神の仕事を再開する時が来た。小さな身体を更に縮め、うつむいている。

「ううっ」

傍にはフラグちゃんと失恋フラグ、神様がいる。

廊下の突きあたりの部屋が、死神たちの仕事場だ。

すでに多くの死神が集まっているようで、活気が伝わってくる。死亡フラグを回収すべく、人間界に出動しているのだろう。

「No.1さん、大丈夫ですよ。私と失恋フラグさんも一緒に行きますし、それに……」

「ジー」

トカゲのぬいぐるみのような生き物が、No.1に飛びついた。

フラグちゃんのペット、天界獣のコンソメ丸だ。吐く炎にはサウナ以上のリラックス効果がある。

「コンソメ丸……！　あはは、くすぐったいですよ」

頬をペロペロされて、緊張が少しほぐれた。以前面倒をみたことで、仲良くなったのだ。

神様は『ファイト』と書かれた旗を振って、

「うう。久々に学校へ行く、不登校児を見送る気分だ……ハンカチ持ったかい？　ちり紙は？」

「わ、私は優秀です！　そんなに心配しないで下さい！」

「じゃあ行きましょう！　No.1さん！」

フラグちゃんが力づけるように、両こぶしを握る。

「え、ええ……」

張り切って歩くフラグちゃん。

その背中を、№１は呆然と見つめた。失恋フラグが首をかしげて、

「どしたの？」

「なぜ……№２６９は、こんなに協力してくれるのでしょう。私はあの子を憎み、酷いことをしたのに」

「なぜって……」

失恋フラグは、オッドアイをパチクリさせて、

「そーいうヤツだからじゃない？」

№１は、神様の言葉を思い出す。

『死神№２６９は、うまく成長すれば今までにない『優しい死神』になれると思うんだ』

以前は意味がわからず、反発と憎悪しか覚えなかった。

だが今なら少しわかる。№２６９の『優しさ』は、他者を前向きに変える力を持っている。今の自分のように。

フラグちゃんがＴシャツをなびかせ、振り返った。

「№１さん、さあ行きましょう」

「はい……！」

№1と失恋フラグは、歩き出す。

コンソメ丸が神様の頭に飛び乗り、勇気づけるように「ジー！」と鳴いた。

⚑

死神の仕事場に入った瞬間、№1に視線が集まる。

「え、あれ誰？　あんな死神いたっけ？」

「ちっちゃ……子供じゃん」

「落ちこぼれの№２６９といるけど」

（ううっ……）

全身から冷や汗が吹き出す。

すると両手が、温かいものに包まれた。フラグちゃんと失恋フラグが握ってくれたのだ。

そして皆に言い聞かせるように、

「さあ№1さん！　フラグ回収を始めましょう」

「え、No.1!?　最強の死神!?」

「どういうこと!?」

騒然となる。ほとんどの死神が仕事どころではなく、No.1の一挙手一投足に注目する。

死神No.13だけが、効率厨らしく無言で仕事を続けていた。

No.1は、フラグちゃんと失恋フラグに背中を押され、人間界への転送装置へ。

そこからは何万回も繰り返してきた仕事だ。身体がおぼえている。

「人間番号AX－41896１　名前　田中　三郎
死亡フラグが立ちました。回収に向かいます――」

そこからは電光石火だ。

短時間で七つものフラグを回収する。あまりの手際に、死神たちは静まりかえっている。

だがまだ、No.1にどう接していいのかわからない様子だ。

「モブくんが言ったとおり、ちっちゃいからこそ強キャラ感が増してるわね。さっすがモブくん！」

失恋フラグが、時間差で惚れ直している。

一息つく№1に、近づいてくる死神がいた。№13だ。

「相変わらず、見事な腕ですね」

「№13……ありがとうございます」

「これからも、お互いに切磋琢磨していきましょう」

№13は、皆から一目置かれている。

そんな彼女が敬意を示したことで、№1の立ち位置は決まった。

死神たちが殺到し、幾重にも取り囲んでくる。

「とんでもない腕ですね！」

「本体めっちゃ可愛いじゃないですか！ 甲冑どーやって動かしてたんですか？」

「キャハハハハハ！ 羨望の的になってて憎～～～い!!」

「甲冑はその、竹馬で……」

№1は、しどろもどろになりながら、

「竹馬!? すごっ!!」

強い圧に目を回していると、

「どきなさいよ」

　フラグちゃんが弾(はじ)かれ、尻餅をついた。

「！」

　――言わなければならない。

　自分は、こんな賞賛を受けるべき死神ではない。

（私は№２６９に嫉妬し、仲間もろとも殺そうとした）

　そうカミングアウトすれば、№２６９は一目置かれ、軽んじられる事もなくなるだろう。

「あの――」

　開いた口を。

　フラグちゃんと失恋フラグに、一斉に押さえられた。

（黙っていろというのですか）

　名声を失わないよう、かばってくれるのか。この後輩たちは、どこまで優しいのだろうか。

　№13が小声で、

「気持ちは素直に、受け取っておくべきです」

　感謝と後悔が胸でうずまく。どんなに時間がかかろうと、後輩たちに犯した罪を償わねばならない。

　そう、改めて誓ったのだった。

その日の夜。大浴場。

「いやー、よかったですね！　№１さん！」

№１の背中を、フラグちゃんがタオルでこすってくれている。鏡に映る表情は、本当に嬉しそうだ。

今ここには生存フラグ、恋愛フラグ、失恋フラグ、№13がいる。コンソメ丸も、洗面器のお湯に浸かっている。時間が遅いせいか、他には誰もいない。

「……あなたたちのおかげです」

「そんな事ないですよ。№１さんの実力です……うわー、髪の毛ふわっふわ。でもちゃんと、トリートメントしなきゃダメですよ」

続いて、恋愛フラグが口を開く。風呂場で胸をどう誤魔化しているのか謎すぎる。

「ねえ№１。キミを大浴場で見かけた事がないんだけど、今までお風呂はどーしてたの？」

「誰にも見られたくないので、利用時間外にこっそりと」

こんな風に、にぎやかに入るのは初めてだ。悪い気分ではない。

隣で身体を洗う失恋フラグが、

「じゃあこれから、一緒に入らない？　せーちゃんもその方が嬉しいでしょ？　可愛い№1さんを、ゴシゴシできるかも」

「何を馬鹿なことを」

そういう生存フラグだが、湯に入らず仰向けになっている。№1の裸を見た瞬間、鼻血を吹いたのだ。

（し、しかしまあ……）

生存フラグも、失恋フラグも、№13も、なんという身体だろうか。とくに胸。自分より後に生まれたというのに。

№1の髪を洗い終えたフラグちゃんが、

「どうしたんですか？」

「いえ……あなたと私は、似ているところがありますね」

「さ、最強の№1さんとですか？　嬉しいです！」

メチャクチャ喜んでいる。どこが似ているかは、言わない方がいいだろう。

「では私はお先に」

№13が効率厨らしく、さっさと上がろうとする。

「あ、ちょっと待って下さい。ちょっと皆さん、生存フラグさんの傍に並んでいただけませんか」

№13たちは不思議そうな顔をしつつも、言われた通りにした。

フラグちゃんはコンソメ丸を胸に抱き、

「お願い」

「ジー!!」

コンソメ丸が特大の炎を噴く。これには、サウナさえ上まわるヒーリング効果があるのだ。「「あ〜」」と51シスターズの声がハモる。

「……な……なんですかこれはぁ……ととのう……」

№13さえも、ウットリしている。

№１はからかうように、

「長年生きていますが、あなたのそんな表情初めてですね」

「うるさいれふ……」

弱々しく反論する№13。らしくない姿に、皆の——生存フラグの頬もゆるんだ。

⚑

彼女たちは気づかない。

脱衣所への扉が開いており、そこからエメラルド色の瞳がのぞいていることを。

「じゅーいち……ウチにはそんな笑顔、見せてくれないのに……どうして……」

九話　休日にキャンプに行ったらどうなるのか？

キャンプ

　その翌日。

　休日だったが、フラグちゃんたちは神様に、仮想世界へ通じるドアの前へ呼び出されていた。

　神様が両手を拡(ひろ)げて、

「さて、№1への協力、本当にありがとう。そのご褒美として、君たちにレジャーを楽しんでもらおうと思うんだ」

　傍(かたわ)らの、№1の頭に手を乗せる。

「この子が頑張って、そのための仮想世界を設定してくれたからね。思い切り羽を伸ばしてきておくれ」

　フラグちゃんが微笑(ほほえ)みかける。

「ありがとうございます、№1さん」

「オマエたちへの借りに比べれば、これくらい……キャンプが楽しめるよう、いろいろと準備しました」

№1が頬を染めてうつむく。

モブ男が胸を張り、

「キャンプなら俺に任せてよ！　家賃滞納してアパート追い出されたとき、路上で一ヶ月過ごしたことあるし」

「それってホームレスなんじゃ……」

フラグちゃんが首をかしげつつ、

「私、キャンプって初めてです。テントとか、うまく作れるでしょうか」

「俺がテントどころか、ハウスを作ってあげるよ」

「それ絶対、段ボールハウスじゃないですか！」

つっこむフラグちゃんに、№1が、

「オマエたちの訓練にもなるよう、調整しました」

「訓練？」

「まあ、行けば分かります」

フラグちゃんたち六人は、仮想世界への扉をくぐった。

神様と№1が手を振って見送ってくれた。

広い駐車場に出た。どうやら、高速道路のパーキングエリアのようだ。

近くに、キーが挿されっぱなしの車が駐めてある。ミニバンだが、三百馬力近いハイパワーモデルだ。

「これ、私たちのため用意してくれた車でしょうね」

ドアに『天界ご一行様』とプリントされてるので、間違いあるまい。

荷台にはテントなどのキャンプ道具、それに食料、飲み物が積んである。

恋愛フラグが皆を見まわし、

「じゃあ席はどうしよっか？」

「はいはーい！　アタシ、モブくんの隣！」

「わ、私も……」

ピーンと手を挙げる失恋フラグと、頬を染めるフラグちゃん。

座席は、こうなった。

　運転席が生存フラグ、助手席に破滅フラグ
　二列目の右からフラグちゃん、モブ男、失恋フラグ

三列目に恋愛フラグ

生存フラグが運転席に座り、シートベルトをしめた。いわゆるパイスラッシュ状態になり、豊かな胸が強調される。

バックミラー越しにガン見するモブ男(お)に裏拳をかまし、エンジンをかける。

破滅フラグが、豪華な車内を興味深げに見ながら、

「ところで生存フラグさんって、免許持ってるの？」

「愚問じゃ。わしは優秀な天使じゃぞ？」

「答えになってない」

そのときラジオから、ニュースが流れてきた。

『臨時ニュースです

先ほど、警察署から二人の凶悪犯が脱走しました

幸せそうなカップルを狙い、テロを起こした男たちです

警察署から奪った銃火器で、武装していると思われ……』

フラグちゃんが『死亡』の小旗をかかげる。

「た、立ちました！　ラジオから聞こえてくる凶悪犯脱走のニュースは、死亡フラグ。あとで遭遇するのがお決まりです」

「え、俺、この旅でもフラグ立つの⁉」

「No.１さんが『訓練にもなる』と仰ってたのは、このことだったのでしょう」

案の定。

怪しげな男たちが乗る車が、横付けしてきた。

美少女二人に挟まれたモブ男を睨みつけ、

「リア充は死ね!!」

マシンガンを向け——いきなり乱射してきた。ドアガラスが砕かれる。

「どわぁああああああ⁉」

モブ男と破滅フラグが慌てて伏せた。

生存フラグは不敵に笑う。

「なるほど——面白い。死亡フラグを生存フラグで折ってみよということか」

アクセルを思いっきり踏み、ミニバンを急発進。皆の背中がシートに押しつけられる。

高速道路に出た。だが敵は追跡し、銃撃してくる。

生存フラグは左右にハンドルを切った。

破滅フラグの小さな身体は激しく揺さぶられ、ドアに当たったり、生存フラグにぶつかったりする。

「ややや、やばいよぉ！」

「カーチェイスの生存フラグは、こうやって蛇行することじゃ。そうすればだいたい当たらん」

「当たってる！　当たってるって！」

ミニバンのリアガラスは砕かれ、弾丸が車内を通り抜けていく。

「きゃー、こわーい」

失恋フラグが、棒読みでモブ男に抱きつく。

恋愛フラグは体勢を低くして、

「あははは、君たちといるとホント退屈しないね」

「笑ってる場合⁉　……ぎゃあ！　前が見えなくなってる！」

フロントガラスは弾丸により、蜘蛛の巣状に割れていた。

「フン！」

生存フラグは、長い脚でフロントガラスを蹴り飛ばす。

風通しが良くなりすぎる車内。破滅フラグは小さく息を吐き、

「ほっ、少しは安心……ええっ⁉」

二百メートルほど前方。タンクローリーが道をふさぐように停車している。どうやらパ

ンクしたらしく、そのせいで渋滞が発生している。

フラグちゃんが『死亡』の小旗を掲げる。風で激しくはためく。

「立ちました！　カーチェイスにおいて、タンクローリーは死亡フラグです！　積んでいる燃料に引火して、大爆発します！」

「ふむ……かといって、止まれば銃の餌食じゃろう」

破滅フラグが、アイスブルーの瞳に涙を浮かべて、

「どどどど、どーすんのさぁ!?　詰んだじゃん！」

「あれを見よ」

生存フラグが顎で示した先――

渋滞の最後尾に、キャリアカーが停まっている。車両を運搬するための大型トラックだ。

荷台の部分が、ジャンプ台のような形をしている。

破滅フラグはゾッとした。

「ま、まさか……」

「そう。カーチェイスにおいて、ああいうキャリアカーに飛び込むのは生存フラグじゃ」

「タンクローリーを飛び越えようっていうの!?　や、やめてぇー！」

アクセルをベタ踏みする生存フラグ。

速度表示はMAXの230㎞を振り切り、キャリアカーにつっこみ――

荷台をジャンプ台にして、高々と飛んだ。車ではありえない浮遊感に、破滅フラグは漏らしそうになった。

しかも。

ガガガガ!! という銃声とともに、タンクローリーが大爆発。巨大な炎に突っ込んでいく形だ。

「「ぎゃあああああ!!」」

破滅フラグとモブ男の悲鳴がハモる。

ミニバンが着地。片輪が浮いて横転しそうになるが、生存フラグが巧みなハンドルさばきで持ち直す。

車は見るも無惨な姿だが、テロリストを撒くことができたようだ。

フラグちゃんが、頭に乗ったガラス片を払いながら、

「ど、どうやら死亡フラグを折ったようです……」

「ふん、さすが優秀なわし」

生存フラグが得意げに鼻を鳴らしたとき、ラジオからこんな声が。

『ニュースの続報です

先ほどお伝えしたテロリストですが

なんと警察のヘリを乗っ取り、テロ活動を継続中のようで……』


破滅フラグの血の気が引く。

背後からヘリが迫ってきた。空からの銃撃で天井に穴があく。

「ふん、なかなか骨のあるヤツらじゃ」

まだまだ悪夢は続くようだ。破滅フラグの意識が遠くなっていった。

■キャンプ場

破滅フラグが目を覚ましたのは、駐車場だった。周りには森や、区画割りされた平原。どうやら目的地の、キャンプ場のようだ。

運転席の生存フラグが、顔をしかめ、

「まったく、ぐっすり寝おって」

「……」

「マナーがなっておらぬ。助手席の者は、運転者を退屈させぬよう会話するものじゃぞ」

「気絶してたんだよ!!」

車は一層ボロボロになっており、弾痕だらけだ。よくもまあ、走り切れたものである。

車から荷物を下ろし、自分たちの区画へ運ぶ。

（よーし）

男としていい所を見せようとするが、生存フラグはもちろん――フラグちゃんさえも、自分よりずっと力持ちだ。ちょっと悔しい。

テントなどを設営していると、モブ男が薪の束を見て、

「あれ？　この薪、太すぎるよ。割らないと、とても燃えないな。でもオノとか見当たらないや」

「ふむ、わしに任せておけ」

そう請け負う生存フラグ。どういう当てがあるのだろう。

三十分も経つと、設営が終わった。男女二つのテント、焚き火台、六人分の椅子……

恋愛フラグが満足げに、

「よーし、こんなもんかな。じゃあ夕食まで時間あるし、遊ぼっか」

「それはよい。近くに川があるらしいので、水着になって川遊びをしよう」

「？　せーちゃんが、そういうのに乗り気って珍しいね」

六人は、キャンプ場の近くの川にやってきた。破滅フラグ以外は『フクカエール』で水着に着替えている。

失恋フラグが豊かな胸を揺らし、

「モブくんと水遊びなんて、久しぶり♥　いっぱいアピールするわ」

「え？　前に海に来たときは、アンタいなかったでしょ」

恋愛フラグの言うとおり、一巻の海回では、まだ登場していなかった。

「ああ、あの時？　れんれんに誘われなかったのが寂しくて、こっそりついてきてたの」

「怖!!」

相変わらずのストーカーっぷりだ。

破滅フラグを、モブ男が見下ろしてきて、

「ところで、なんで君だけ水着に着替えないの？」

「ぼくはいいよ。本でも読んでる。水遊びなんてガキっぽい」

「……あ、まさか」

モブ男が下劣な笑みとともに、肩を抱いてくる。

「喉は渇いてないかい？　ジュース飲むかい？」

「えっ、キモ……なんでいきなり優しくなったの？」

「じっくり二人っきりで、お話ししようじゃないか」

フラグちゃんたちが、不思議そうな顔をする中。

恋愛フラグがニヤリと笑い、

「はは～ん……モブ男君ったら、破滅フラグ君が、男装美少女じゃないかと思ってるね？」

「はぁ!?」

破滅フラグが声をあげる。

美形がプールや風呂などを避けるのは、男装フラグだ。

破滅フラグは慌てて『フクカエール』を借り、ハーフパンツ型の水着に着替える。

「見ろ、男だろ！」

「…………。……よし、俺の策略通り、破滅フラグくんも水着になったし、皆で遊ぼう……」

「いや、絶対ウソだろ！」

モブ男はガッツリへこんでるし、間違いない。

その後、六人で水遊びをする。泳いだり、ウォーターガンで水のかけあいをしたり。

破滅フラグもいつのまにか熱中していた。

「……ぷあっ！やったな！」

「ふふふふ。これが先輩の力です。あ、これ終わったらスイカ食べましょう。川の水で冷やしてますから」

「スイカ……！」

アイスブルーの瞳を輝かせた瞬間。

ヴヴヴヴヴン！　という轟音と共に、ホッケーマスクをかぶり、チェーンソーを持った殺人鬼が襲いかかってきた。

「「ぎゃあ!?」」

破滅フラグとモブ男が悲鳴をあげる。

「落ち着け。殺人鬼など、キャンプ場で水着になったり、馬鹿騒ぎするとわいてくるものじゃ」

羽虫みたいな扱いをしつつ、ワンパンでぶちのめす生存フラグ。

水着に乗り気だったのは、殺人鬼をおびきよせるためらしい。

「よし、チェーンソーが手に入ったぞ。これで薪が割れる」

「まさかの現地調達」

やっぱこの先輩こええ、と破滅フラグは思った。

⚑夕食

日が落ちてくると、六人は水着から『フクカエール』でアウトドアウェアに着替えた。

設営場所に戻り、夕食の準備をはじめる。

生存フラグはチェーンソーで太い薪を切る。

それでおこした火で、恋愛フラグと失恋フラグが調理をする。フラグちゃんも手伝おうとしたが、戦力外通告を受けた。

そして夜七時頃。夕食がはじまった。

チーズフォンデュやジャガイモのホイル焼き、パエリア、焼きマシュマロなどである。

酒やジュースを注いだカップを、皆で合わせる。

「「「「「かんぱーい」」」」」

フラグちゃんが、破滅フラグの皿に取り分けてやりながら、

「破滅フラグ君、沢山食べて大きくなるんですよ」

「だからお母さんか！　……でもこのチーズフォンデュ、おいひ～」

『おいひ～』って可愛いな、と皆が思った。

恋愛フラグが皆の写真をとりながら、

「せーちゃん、あまり飲み過ぎちゃダメだよ？　前みたいにワンワン泣かれても困るし」

「や、やかましいわ」

破滅フラグが興味を引かれた様子で、

「生存フラグさんってお酒に弱いの？　いが～い。優秀だし、弱点とかないのかと思ったよ」

「……優秀か。だとすれば、ナナのおかげじゃな」

早くも少し酒が回ったのか、生存フラグの頰は赤い。

破滅フラグが首をかしげて、

「『ナナ』？　生存フラグさん、死神№７さんと知りあいなの？」

そういえば——生存フラグがナナの話をしたとき、破滅フラグだけいなかった。

仲間外れにするのも気の毒だ。生存フラグは簡単に、過去について話す。

「へ〜。昔は陰キャの落ちこぼれだったなんて。ますます意外」

目を丸くして、焼きマシュマロを頰張る破滅フラグ。

恋愛フラグが、ホットワインをすすり、

「『焚き火を囲むと、深い話をしたくなる』っていうけど……せーちゃん、ナナさんとの話の続き、聞かせてくれない？」

生存フラグは、焚き火台に薪をくべて、

「……そうじゃな。いい機会かもしれん」

十話　生存フラグの過去はどういうものか？（二）

宮殿の廊下。
生存フラグは、ナナと待ち合わせをしていた。一緒にフラグの回収にいくためだ。
碧(あお)い瞳が見つめるのは、先日もらったストラップ。
『ウチと、おそろなんだ！　『友達の証(あかし)』として受け取ってほしーな！』
何度思い出しても、幸せな気持ちになれる。
（今日は仕事終わりに、どこにいこうかのう）
猫カフェか。それとも部屋で遊ぶか。
ナナと過ごすなら何だって楽しい。だが、
（今日は、やけに遅いのう）
親友は、約束の時間に遅れたことなどない。

心配になり、スマホでLANE(レイン)しようとすると——曲がり角の向こうから、会話が聞こえてきた。

「ちょっとナナ～。最近遊んでくれなくなったじゃん」

「私たち寂しいんだけど」

こっそり顔を出せば、ナナが二人の友人——黒髪と茶髪の天使に挟まれている。

ナナは両手を合わせて、

「ごめんごめん。回収で忙しくって！」

二人は揃(そろ)って顔をしかめ、

「『忙しい』って、また天使№11とのペアでの回収？」

「そうだケド」

「神様に強制的に組まされたんでしょ？　いつ解消なの？」

（！）

心臓が嫌な音を立てる。

たしかにナナが自分と組んでいるのは、神様が命じたからだ。今日解消されても、おかしくない。

だがナナが、こう言ってくれる。

「解消なんて、まだ先だよ。じゅーいち、このまえ初の回収して、今どんどん成長してる。この流れを止めないようにしなきゃ」

（ナナ……！）

ぱあっと笑顔になる生存フラグ。

だが友人二人の言葉が、またも胸をしめつける。

「はぁ？　こないだようやく初回収？　ヘボすぎない？」

「どーせそれが出来たのも、ナナのおこぼれでしょ」

ナナは珍しく、少し声を荒げた。

「ちょっとやめて！　じゅーいちだって、がんばってるのに」

「あたしたちはナナを心配してんの！　あんな足手まといに構ってたら、ナナの成績も落ちちゃうよ！　せっかく成績優秀なのにさ」

生存フラグはうつむいた。

（一理ある……のかもしれぬ）

自分に構いきりのため、ナナは生存フラグの回収がほとんど出来ていないのだ。

ナナは、消え入りそうな声で、

「心配かけちゃったのは、ごめん」

「わかってくれたなら、いいよ……そうだ！　これからパーッと遊びにいかない？」

「で、でもこの後は、じゅーいちと約束が……あれ？　じゅーいち！」

ナナに気づかれ、焦る。

「そうだ、じゅーいち！　今日のフラグ回収はお休みにして、遊びにいかない？　みんな一緒にさ！」

二人の天使が、聞こえよがしに言う。

「え……あの子も一緒？」

「空気読んでほしいな」

居たたまれなくなる。そこへ、更なる衝撃。

（……あ、あれは）

二人の天使が、腰から下げたストラップ。

自分のものと似た、動物がハートを抱いている形……ネコではないのは、ナナが相手の好きな動物に合わせて作ったからだろう。

その視線にナナが気づき、

「あぁ、ストラップ？　大切な友達の、二人にもあげたんだ！」

（そ、そうか。『友達の証』を持つのは、わしだけではなかったんじゃな……）

考えれば当然のことだ。ナナには友人が、沢山いるのだから。

……だがとても今は、一緒に行ける精神状態ではない。

「すまんがわしは、筋トレをする。またな」

「え、じゅーいち……」

逃げるように立ち去る。

悲しげなナナの背後で。

黒髪と茶髪の天使が、ひとひそと話し合っている。

「あの子、邪魔だよね」

「うん。だからさ……」

⚑

その日の夜。

生存フラグは大浴場の湯に浸かっていた。一人で入るのは久し振りだ。

（ナナは友人たちと、楽しく遊んだんじゃろうな）

想像すると胸がしめつけられる。あの太陽のような笑顔を、自分だけに向けてほしい。

（何を考えているんじゃ、わしは）

両手で湯をすくって顔をぬぐう。

『あんな足手まといに構ってたら、ナナの成績も落ちちゃうよ！』

親友の足を引っ張りたくはない。神に言って、ペアを解消してもらうべきか。だがそうしたら、ナナは傍にいてくれるだろうか――

悪い想像が頭をめぐる。

ナナに会いたい。ひどく寂しい。周囲の喧噪が、孤独をより加速させる。とくに大罪シスターズは賑やかだ。

二女の『強欲』が長女の『憤怒』に、

「姉さん、どちらが長く湯につかっていられるか、賭けませんか？」

「賭けねーよ！　でも勝負はしてやる。負けねーぞ」

三女の『嫉妬』がキャハハハハハハと笑い、

「姉二人が仲良くて憎～～い！　アタシもう上がるｗｗｗ」

「おい『嫉妬』！　まだ身体洗ってねえだろ！　あーしが洗ってやるから！」

屈託のないやりとりが、うらやましい。

そんな事を考える自分も嫌になり、湯船から出る。

脱衣所への扉をあけると、ナナの友人の黒髪天使と遭遇した。

「！」

逃げるように出て行く。

あんなに慌てて、どうしたのだろう？　大浴場では見かけなかったが。

（嫌いなわしと、顔をあわせたくなかったのじゃろう）

そう結論づけて、身体を拭いて包帯をまとい、廊下へ出た。

少し歩くと、話し声が聞こえる。

ナナの友人の、黒髪と茶髪の天使だ。

「てかさ、ナナもナナだよね～。あんな落ちこぼれに構ったりして」

「確かに。『強運の天使』って呼ばれてるけど、あんな子を押しつけられるなんて、むしろ不運でしょ」

「あははは！　言えてる」

いったい何を言っているのだ。

お前たちは、ナナの友達ではないのか？

「というか、ずっとつるんでるってことは、ナナも所詮あの落ちこぼれと同レベルなんだよ」

違う。

ナナは本当に凄いやつだ。

能力があるだけじゃない。誰にでも優しくて、わしのような者にも手をさしのべて——なぜか怒りが、一気に臨界点へと達した。心も身体も制御できない。

突進。

こちらを見た二人が、何故か笑ったように見えたが……すぐにそれは、恐怖に変わる。

生存フラグが二人の首根っこを掴んで、持ち上げたのだ。

「おいキサマら……！　撤回しろ……！」

「ちょ、何この、とんでもない力……！　な、何のこと？」

「ナナは本当に凄いヤツじゃ。わしなんぞと同レベルなはずがない!!」

「『ひぃっ』」

あまりの形相に、二人が悲鳴をあげる。

「それに、友達は陰で悪口を言うものではないはずじゃ」

「な……何が言いたいの？　アンタと違って、あたしたちはナナの友達失格ってこと？　陰キャが同情されただけだってのに、バカじゃないの？」

（——この首、握り潰してやろうか）

堕天使になってしまうかもしれない。だがかまうものか。

力を込めた瞬間——後ろから羽交い締めにされる。

「ど、どうしたの!?　じゅーいち、やめなよ！」

ナナだ。

慌てて手を放す。天使二人が咳き込みながら、

「き、聞いてよナナー！　あたしたちはナナの友達失格だってこの子が言うの。急に襲いかかってくるし、サイテー」

「きっとこの子、ナナを独り占めしたいんだよ。ずっとボッチだったからさ」

「なっ、わしは……！」

ナナが弁護してくれる。

「そ、そんなこと、じゅーいちが言うわけ無いじゃん」

「あたしたちがウソついってるっていうの？」「ナナひどーい！」

（ああ、ナナが……！）

また、自分のせいで責められている。

血が出るほど頭をかきむしる。第一、こいつら二人はなんなのだ。ナナは何でこんなヤツらと仲良くするのだ。わしだけを見てくれ。笑顔を独り占めしたい。

怒り、嫉妬、ナナへの想い。色々なものがグチャグチャだ。

感情が全く制御できない。どうして？

そうだ。いっそ……

（ナナがわしを、嫌いになれば）

全て解決するのでは？　ナナが板挟みになって苦しむこともない。

「そうじゃ……」

「え？」

「こやつらの言う通りじゃ。友達失格だと、わしは言った」

「どうしてそんなこと……！」

ナナが、エメラルド色の瞳を見ひらく。

この親友に嫌われなければ。身を引き裂かれそうな思いで告げる。

「……キサマを孤立させてやりたいからに決まっておるじゃろう。成績優秀で、人望もあるから嫉妬したんじゃ」

そういう気持ちが、少しもなかったわけではない。

だがそれより、愛情の方がずっと大きかったはず。なのにどうして、親友を傷付ける言葉がスラスラ出てくるのだろう。

ナナは涙ぐんで、

「でもウチら、ずっと一緒に過ごしてきたじゃん……友達の証も、受け取ってくれたのに……」

「はっ！　何が『友達』じゃ！　ウソに決まっておるじゃろう」

「いい加減にしてよ！　ウソばっかり。本当はそんなこと思ってないくせに」

ナナを直視できずに、目をそらす。

「解散じゃ」

「えっ……？」

「わしも成長できたし、キサマはもう用済み。ゆえにペアは解散じゃ……」

「な、なにそれ、勝手すぎっしょ……」

「なんとでもいえ。『友達』関係とやらも、もう終わりじゃ。二度とわしに話しかけるな」

自分以外にも、友人は沢山いるのだから。

ナナは両手で顔を覆った。涙はそれでは抑えきれず、床へも落ちる。

「わ、わかったよ……わかったよじゅーいち……友達だと思ってたのは、ウチだけだったんだね……」

ごめんね、といい、ナナは身を翻す。

「じゅーいちとの回収は本当に楽しかったよ。ありがと……」

「あ……」

胸が潰れそうな思いで、去って行くナナを見つめる。

気力を振り絞って、二人の天使に告げる。

「見たじゃろう。わしとナナはもう関係ない。じゃからコソコソ悪口を言うなら、わしだけにしろ。それと、これからもナナと仲良くしてやってくれ……」

深々と頭を下げる。

「頼む……！」

「わ、わかったわよ。行こ！」「う、うん！」

それから、生存フラグは全速力で自室へ駆けた。

ベッドへ飛び込み、枕や布団を引き裂いて嗚咽する。

（これで……よかったんじゃ……）

今のわしでは、まだナナの隣にはふさわしくない。成長したら、きっとまた一緒に……

⚑反応

ぱちぱちと、焚き火の炎が鳴る。

「……それからわしは、成績を上げるべく冷徹に生存フラグを回収した」

回収は上手くいくようになり、落ちこぼれ呼ばわりされる事はなくなった。

だがいつのまにか『優しさ』を失っていき——

またも神様の計らいで、フラグちゃんたちと出会ったという訳だ。

「「「……」」」

気まずげに、目を合わせあう仲間たち。

少しして恋愛フラグが、ホットワインをすすり、

「ん～。その二人の天使には腹立つね。せーちゃん辛かったね。でも」

珍しく、厳しい表情を向けてくる。

「一番辛いのは、ナナさんかなって」

「……」

「相手のことを思っていれば、何してもいいってわけじゃない。ナナさん、親友からそんなこと言われたら、耐えられないよ」

「それは……」

言葉に詰まる。

絞り出した反論は、あまりに弱々しいものだった。

「でもナナには、他にも沢山の友人が……いるんじゃ」

「じゃあ今ココにいる、せーちゃんの友達のうち、だれか一人がいなくなってもいいの？

『まだ友達残ってるし、へーきへーき』ってなるかな？」

「う……」

なるわけがない。

だから先日、モブ男(お)が消滅したさい、命をかけてまで救ったのではないか。

続いてフラグちゃんが、炎に照らされながら、

「生存フラグさん、私はあなたの友達ですよね」

「そ、そうじゃ」

「じゃあ私は落ちこぼれだから、『生存フラグさんが成長するまでの友人』にふさわしいって事ですか？」

「そ、そんなことはない！」

強く首を横に振る。

死亡フラグと友人になったのは、優しさに惹(ひ)かれたからだ。

「友達になるのに、『ふさわしい』『ふさわしくない』って、なんですか？　成績一位の天使になったら、ナナさんに『わしはお前にふさわしくなったぞ』と言って友人再開するつもりですか？」

「それ……は……」

愕然(がくぜん)と、炎を見つめる。たしかにどの面(つら)さげて、そんな事がいえるだろうか。

結局、自分は逃げただけなのか。

人気者のナナをめぐる人間関係から。

「俺、バカだからよくわかんないけどさ」

モブ男が、焚き火に薪をくべながら、

「ナナさん前に言ったんだよね。生存フラグさんは『ごちゃごちゃ考えすぎる』って」

「ああ……」

「絶交したときも、ごちゃごちゃ考えすぎたんじゃないの？　だから一番肝心な、自分とナナさんの気持ちを無視しちゃったんだ」

「!!」

バカの『バカだからよくわかんないけどさ』という前置きは、本質を突くフラグである。

深くうなだれる生存フラグ。背中にフラグちゃんの手が添えられる。

「すみません。生存フラグさんを責めたいわけじゃないんです」

「ああ……」

「でもナナさん、こう言ってたんです。生存フラグさんとお揃いのストラップについて尋ねたとき——」

続く言葉が、生存フラグの胸に突き刺さる。

「『親友と、おそろなの。世界で一番大事な宝物』って」

「ぴえ~~~~~ん!!　ナナさ~~~~~ん！」

失恋フラグが、恋愛フラグに抱きついてギャン泣きする。

そしてフラグちゃんが、力を込めて言う。

「生存フラグさんが冷たい態度をとるたび、ナナさんは傷ついていますよ。このままでいいんですか？」

（ナナ……！）

そんなことにも、思い至れなかったのか。

（何が『優しくなりたい』じゃ……親友を傷付けておいて）

生存フラグは両手を顔に当て、嗚咽する。後悔と罪悪感で壊れそうだ。フラグちゃんが肩を抱いてくれる。

恋愛フラグが、不思議そうに言う。

「でも絶交のとき、せーちゃんの心は随分不安定だったみたいだね」

「わしは未熟ゆえ、自制がきかなかった」

「ふ〜〜ん……そんなもんかな」

納得いっていないようだ。

生存フラグはキャンピングウェアの袖で、目を何度もぬぐい、

「……わしは、ナナと仲直りしたい」

「それがいいですよ！」「応援するよ♥」「せーちゃんファイト！」「……まあ、がんばってよ」「ナイス判断！」

皆、自分の事のように喜んでくれる。このすばらしい友人たちを、ナナにも紹介したい。

「……でも、どうすればいいんじゃろう」

「練習台(トレーナー)である、俺に任せといてよ！」

胸を叩(たた)いたモブ男(お)に、皆が注目する。

クズだが、その発想力には目を見張るものがある。なにかいい方法があるのだろうか。

「土下座すればいいのさ！」

「「「……」」」

沈黙が落ちた。

破滅フラグが、アホを見る目をして、

「な、何言ってんの？」

「……いや」

生存フラグは、両こぶしを握る。

「それくらいやらなければ、誠意を示せぬ……頼むモブ男。土下座を教えてくれ！」

「任せてよ。俺ほど土下座をしてきた男はいないからね！」

きわめて情けない発言だが、今は頼もしい。

「明日から、みっちり教えるよ！」

許してもらえるかどうかは、わからない。

でも、このままにはしておけないのだ。ナナが悲しんでいるのなら……

フラグちゃんがカップに、酒を注いでくれる。

「ま、まあ土下座はともかく、ナナさんと仲直りする気になってくれて、嬉しいです。今日は景気づけに、楽しくやりましょう！」

改めて乾杯した。

仲間たちが盛り上げてくれたおかげで、生存フラグの表情もほぐれていく。

「ふぁ〜〜〜〜あ」

破滅フラグが、可愛く目をこすり立ち上がった。

「ちょっとぼく、トイレ行ってくるね」

——設営地から離れた、森の中。

ナナが立ちつくしていた。

(じゅーいち……何を話しているのかわからないけど、楽しそう)

どうしてウチと絶交したのに、他の子にはあんな顔を見せるの？　どうして？

「ううっ……」

ひどい頭痛にうずくまる。最近ずっとこうだ。

「辛(つら)そうだね、天使№７」

「あ、あなたは……」

誰なのかはわからない。

だがナナが最近、生存フラグの事で落ちこむと、聞こえてくる声だ。

「ほら見なよ。天使№11ったら、あんなに楽しそうに。お前の事など、もう忘れているよ」

「そんな……そんなことない」

ナナの白い翼が、根元からジワジワと黒く染まる。

目の前に、何かを放り投げられた。

「これを使うといい」

「な、なにこれ……」

「お前と№11の友情を、取り戻せるものさ」

「！」

思わず飛びつく。どうやら二つの天界アイテムのようだ。

「それらを使えば、生存フラグはお前だけを見てくれる。お前だけを」

じゅーいちが、ウチだけを。

それは今のナナにとって、あまりにも甘美な誘惑だ。翼が更に黒く染まっていく。

声の主は笑った。

「あはは☆　確かに、先輩の言ったとおりだ」

翌朝。

「ふあぁ……」

テントの中で、フラグちゃんは目を覚ます。周囲では生存フラグ、恋愛フラグ、失恋フラグが、寝袋にくるまって眠っている。

モブ男と破滅フラグは、隣のテントだ。

（さぁ。ナナさんとの仲直りのため、私も協力しなきゃ）

改めて決意したとき、生存フラグが碧い瞳を開いた。

「あ、おはようございます」

「へ……!? へっ!?」

素っ頓狂な声をあげる生存フラグ。寝袋から飛び出し、小動物のように周囲を見まわす。

「こ、ここどこ!? あなたたち誰ですか!?」

「は⁇」

いつもの強気さがみじんもない。寝ぼけているのだろうか。

フラグちゃんは己を指さして、

「誰って、死神No.269ですよ。貴方の友達の」

「ウ、ウソです。私なんかに友達は、一人もいないです……」

この自信の無い様子。まるでナナと出会う前に、戻ってしまったかのようだ。

騒ぎを聞いて、女性陣も男性陣も起き出してくる。

それぞれ自己紹介するものの、生存フラグは困惑し、怯えるばかり。

逃げようとさえしたので、恋愛フラグが後ろから抱きつく。

「せーちゃんは、こんな冗談を言うタイプじゃない。ただごとじゃないよ。一刻も早く、天界に連れ帰ったほうがいいね」

そしてまたしても、驚くべき事が起きた。

生存フラグは、不安げに周囲を見まわして、

「こ、ここはどこですか⁉　あなたたち誰ですか⁉」

十分前と、全く同じ質問をした。

十一話　生存フラグが、記憶を失ったらどうなるのか？

記憶喪失

フラグちゃんたちは急いで天界に戻り、謁見の間に直行。

神様と対面すると、アウトドアウェア姿の生存フラグが恐縮しまくる。

「か、神様！　私みたいな落ちこぼれのためにわざわざ！」

「なんだか、凄く懐かしいリアクションだ……」

説明を聞いた神様が、スマホで緑髪の美女・死神№13を呼んだ。

生存フラグを検査してもらうのだ。彼女は天使や死神の定期検診をするなど、ある程度の医療知識を持っている。

一時間ほどして。

フラグちゃんたちに、死神№13が告げる。

「どうやら今の天使№11は、十分間しか記憶がもたないようです」

「十分……!?」

キャンプ場で全く同じ質問をしたのは、そういうわけか。

恋愛フラグが、柱の陰に隠れている生存フラグを見て、

「でもなんか、性格も変わってない？　すごくオドオドしてるし」

「それは『十分間しか記憶がもたない』だけでなく『ある時点の記憶までしかない』からです」

「ふうん？」

「生存フラグの記憶は遙か前……『フラグ回収したことがない、落ちこぼれの天使だった時』まで戻っている。あなたたちと出会ってもいません」

つまりは、ナナと友人になる前の状態。

死神No.13は、ゲーム好きらしくこう例えた。

「『ある時点までのセーブデータはある。そこから十分間プレイしても、セーブデータまで戻されてしまう』という状況ですね」

フラグちゃんは顔面蒼白になり、

「そんなの……日常生活も、ままならないじゃないですか」

「そうですね。ひとまず仕事や、仮想世界での訓練は休んで療養するしかないでしょう」

フラグちゃんと失恋フラグは、生存フラグの手をとった。

部屋へと案内するのだ。モブ男たちもついていく。

一方神様は、何かを考え込んでいた。

生存フラグは自室を、碧い瞳で見まわした。

「ここ……本当に私の部屋ですか？　トレーニング器具なんてあるし」

落ちこぼれの天使だった時には、備え付けていなかったのだろう。

生存フラグはベッドに入り、皆に頭を下げ、

「すみません。皆さんにご苦労をおかけして」

「なんでもありません。それより、大事なことはメモをとるといいですよ。十分経って記憶を失っても、状況を確認できるように」

フラグちゃんはノートを渡す。

「あ、ありがとうございます」

生存フラグはさらさらとメモを取る。綺麗な字だ。

『私は、十分間しか記憶が持たない』

フラグちゃんは笑顔で、

「あと、こう書いて欲しいです。『死神№２６９、天使№51、死神№51、死神№２７０、人間№１は友達である』って」

「ともだち……」

　生存フラグが疑わしげな目で、

「落ちこぼれの私に、五人も友達がいるわけないです。からかっていますね？」

「なんてネガティブ……ホントですよ。ほら」

　フラグちゃんはスマホのアルバムアプリを立ち上げ、見せる。

　キャンプの夕食時の写真だ。生存フラグがリラックスした表情で、仲間と談笑している。

「え、これ本当に私……!?」

「そうですよ、私たちは貴方(あなた)を大切に思っています」

　生存フラグは嬉(うれ)しそうにメモをとる。


『死神№２６９、天使№51、死神№51、死神№２７０、人間№１は友達』


　それぞれの似顔絵も描いている。かなりうまい。

「記憶を失うたび、そのノートを見てくださいね」

　この症状は『記憶』は蓄積されないが、『習慣』は身につけることができるらしい。ノートは、生存フラグの大きな助けになるだろう。

モブ男がノートを覗き込んで、鼻の下を伸ばし、

「もしも俺が『人間№1は恋人である』って、書き換えたらどうなるんだろ」

「発想がゲスすぎる」

フラグちゃんと破滅フラグが、ドン引きしていると。

生存フラグが、おずおずと上目遣いで、

「だ、大丈夫です。私の筆跡はわかりますし、その……あなたのような不潔な方と、恋人になるとは思えないですし……」

「ぐはっ」

声は弱々しいが、うっすらドS感も見える。

「あのぅ、私は普段、どのように生活していたのでしょうか」

「ええと。こんな感じだね――」

モブ男は説明する。
・普段から下着をつけず、包帯を巻いただけで歩きまわっていた
・フラグ回収相手の、内臓を売りとばした
・神様を『うすのろ』『息が臭い』と言い、時にはぶちのめしていた

「それ本当に私ですか⁉」

ショックを受けている。

かなりの年数の記憶を失っているので、ギャップが大変なことになっているのだ。

「ちなみに私、今日は何をする予定だったのですか」

「俺が、土下座を教える予定になってたよ」

「意味がわかりません⁉」

混乱を深める生存フラグ。

恋愛フラグが口元に手を当てて、

「いつまでも、このままって訳にはいかないね……記憶を取り戻すため、できることはしておかない？」

「れんれん、何かアイデアがあるの？」

「うん。『プルースト効果』って知ってる？　香りを嗅ぐと、記憶がよみがえる現象なんだけど——」

認知症患者に『なつかしい香り』を嗅がせると、症状が緩和することもあるという。

「だから、せーちゃんに『なつかしい香り』を嗅がせれば、記憶喪失を緩和できるんじゃないかな」

「さすがれんれん！　……で、せーちゃんの『懐かしい香り』って何？」

「というわけで、この人を呼んでます。どうぞ」

ドアが開き、神様が入ってきた。

生存フラグがペコペコ頭を下げる。

「神様！　私なんかの部屋にわざわざ……」

「ああ、いいから寝てて。でも天使No.51、僕に何の用だい？」

「せーちゃんに、息を吹きかけて」

は？　と皆がキョトンとする中。

恋愛フラグは、真剣そのものの顔で、

「天界で『記憶に残る匂い』といえば、神様の口臭でしょ。あのドブの匂いは忘れるはずもない。プルースト効果が起きる可能性は高い！」

フラグちゃんたちは、揃って「なるほど……」と頷いた。

「納得されるの辛いんだけど」

せつなく言う神様。その胸にフラグちゃんがすがりついて、

「お願いです神様！　あなただけが頼りなんです！」

「もっと違う場面で言われたかった！」

神様はガッツリへこみながらも、ベッドの脇に立つ。

「では行くよ、天使№11」

「は、はい」

生暖かい息をかける。

「はぁ～～～～」

「うぉおおおえぇ!?」

「はぁ～～～～～～～～～～～～～～～～～～～～」

「ごばぁあああああああああああ!!」

聞いたことのない声を出す生存フラグ。何らかの拷問のようだ。

恋愛フラグが、いつのまにか出したガスマスクを装備しつつ、

「せーちゃん、何か記憶は蘇(よみがえ)った？」

「な、なに……もっ……おぇぇぇえええええええ!!」

「うーん、ダメっぽいね。神様お疲れ。さようなら」

「ただ僕が傷ついただけなんだけど!?」

治療に試行錯誤はつきものだ。

神様がフラグちゃんにフォローされていると。

「あの……あなたたちは、誰ですか？」

生存フラグの記憶が、またも失われたようだ。

皆の表情が沈んだ。

生存フラグの生活は、激変した。

十分間しか記憶が持たないのでは、フラグ回収はできない。仮想世界での特訓も意味がない。

ゆえに、自室にこもることが多くなった。

同性であるフラグちゃんか、失恋フラグがついていることが多い。

恋愛フラグは『ちょっと調べ物があって』と、最近は単独行動している。

（いったい何を、調査しているんでしょう）

フラグちゃんが疑問に思うのを横目に。

生存フラグは、椅子に座って本を読んでいた。

野暮（やぼ）ったいメガネにフードつきのコート。以前のイメージとあまりにも違う。

本は数ページで読める、いわゆるショートショート集。長い小説だと、読んでいるうちに最初の方を忘れてしまうのだ。

「このお話、とっても面白いですね」

「……っ」

フラグちゃんの胸が痛む。

この症状になって一週間ほど経つが、生存フラグは同じショートショートを百回以上読み、そのたび感動している。

読み終えたあたりで、また記憶を失ったようだ。

「ここは……？」

生存フラグは、すぐにノートを確認。

この習慣だけは、何とか身につけさせることができた。

『私は、十分間しか記憶が持たない』

『死神No.２６９、天使No.51、死神No.51、死神No.２７０、人間No.１は友達』

ノートの似顔絵とフラグちゃんを見比べ、表情をゆるめる。

「あなたは、死神No.２６９さんですね」

「はい……」

忘れられるのは、何度味わっても苦しい。

神様や死神No.１、死神No.13も、原因を調査しているようだ。朗報を待つしかない。

コンコン

ドアがノックされ、破滅フラグの澄んだ声がきこえた。

「先輩、そろそろ仮想世界での、特訓の時間だよ」

「……そうですね。生存フラグさん、また来ます」

「はい」

フラグちゃんは、後ろ髪を引かれる思いで部屋を出る。

⚑

残された生存フラグは、部屋をふらふらと歩く。

その記憶は、落ちこぼれの天使だった時までのもの。

見覚えのないものが沢山ある。サンドバッグや、ダンベルなどのトレーニング器具。

壁にはコルクボードがあり、友人たちとの写真がいっぱい貼ってある。フラグちゃんが『記憶を取り戻す助けになれば』と用意したのだ。

――そしてアクリルケースに入った、ストラップ。ネコが青いハートを抱いている。

（これは……？）

見ていると心が温かくなる。

だが何故か、胸をしめつけられるような苦しさもおぼえる。いったい、いつ手に入れたのだろう？

そのとき。

再びドアがノックされた。

（五人の友人のうちの誰かが、きたのでしょうか）

開けると、金髪ポニーテールの天使がいた。満面の笑顔で、

「やっほ〜〜〜。じゅ〜いち！」

エメラルド色の瞳で覗き込んできて、

「記憶失っちゃったんだって？　大変だね……」

「あ、あなたは……？」

「ウチ？　ウチは天使№７！」

ウインクし、

「じゅーいちの『親友』だよ！」

「親友……!?」

生存フラグは、詐欺師に遭遇したように後ずさる。

「ま、まさか。私みたいな底辺に、五人も友達がいただけで奇跡なのに。他に親友なんていたはずが」

「そのネガティブさ、懐かし～！　でも証拠ならあるよ。ほらコレ」

ナナの腰には、ストラップ。この部屋にあるものと色違いだ。

「それは……！」

「ウチが作った『友達の証』。じゅーいちにあげたの。おそろだよ」

それほど、大切に思われていたのか。

何より。

「じゅーいち……じゅーいちぃ！」

ナナが抱きついてきた。赤子のように泣きじゃくる。

「……う、うわぁああああああん!!　じゅーいちはずっと……ウチの最高の親友なの!!　大好きだよ!!」

生存フラグは、魂で確信した。

ナナは自分の『親友』なのだと。

ナナの翼が、黒く侵食されつつあるのには気づきもしない。

——それから一時間ほど後。

生存フラグは自室のベッドで、またも記憶を失っていた。

（……私は一体）

すぐにノートを見る。この習慣だけは獲得することができた。

自分の筆跡で、こう書いてある。

『私は、十分間しか記憶が持たない』

そして似顔絵つきで、

『私の味方は、親友の天使No.7　ナナだけ』

『死神No.269、天使No.51、死神No.51、死神No.270は信じるな

記憶を奪ったのは、彼女たちだ』

『人間No.1は、私の身体を狙うケダモノ』
『このノートを、死神No.269たちに見せてはいけない
今夜二時に……』

そこから先には、驚くような計画が書いてある。

実行に、ためらいはある。だが……

ノートの最後のページに、写真が挟まっていた。

子猫二匹にナナ——そして生存フラグが映っている。

陰キャピースだけど、なんて幸せそうな笑顔だろうか。ナナを心から信頼しているのがわかる。

（『ナナさん』は味方だ。信じよう）

ノートの計画の実行を、決意する。

コンコン

突然部屋がノックされ、声が裏返った。

「ひゃ、ひゃい！」

「失礼します」

入ってきたのは——

(似顔絵で見た死神№269！　それに……人間№1!!)

メモによると『私の身体を狙うケダモノ』。

(あのイヤらしく下品な顔。絶対間違いないです!!)

生存フラグはノートへの信頼を深める。

(この二人は敵。でも警戒心が顔に出すぎないようにしなきゃ)

そんな内心も知らず、フラグちゃんは壁のコルクボードを見て、

「あれ？　写真を沢山貼っておいたのに、なくなってる……なぜでしょう？」

「さあ……」

生存フラグは知る由もないが、ナナが外していったのだ。

フラグちゃんたちとの幸福な写真が沢山あれば、生存フラグはメモを疑うであろう。

「まあ、また後で用意しましょう。今日は、生存フラグさんに会わせたい子がいるんです」

己の頭を指さすフラグちゃん。トカゲのぬいぐるみのようなものが乗っている。よく見ると生き物のようだ。

「これは……天界獣？」

「はい。私のペット、サラマンダーのコンソメ丸です」

ジー！　という声とともに、コンソメ丸が飛びついてくる。

そして、頬をぺろぺろと舐めてきた。

「ちょ、ちょっと、くすぐったいです」

「あはは、生存フラグさんは懐かれてましたからね」

（か、可愛い……でも）

ノートによれば『死神No.269は記憶を奪った敵』。これは籠絡するための策だろうか。

続いてコンソメ丸が、大きく口を拡げ——炎を吐いてきた。

（きゃあっ⁉）

やはり信じてはいけなかった。そう悔いたものの。

（あれ？）

身体が火照って心地よい。『サウナでととのう』ような感覚。

「コンソメ丸の炎には、リラックス効果があるんです」

ベッドに横たわっていることもあり、猛烈な眠気がおそってくる。

（あ、ダメ……この人たちは敵……寝ちゃダメ……）

抵抗むなしく眠ってしまう。

手からノートが落ち、床で広がった。

モブ男（お）がしゃがんで、ノートを拾い上げる。

「……ん!?」

驚いた様子で読み始めた。

Tシャツをフラグちゃんが引っ張ってきて、

「み、見ちゃダメですよ。プライバシーに関することですよ」

「いやでも……ちょっとコレ、おかしくない？」

モブ男はノートを見せた。

『人間No.1は、私の身体（からだ）を狙うケダモノ』

「何もおかしくないですよ」

「いや、そこ以外も読んでよ！」

『私の味方は、親友の天使No.7　ナナだけ』

『死神No.269、天使No.51、死神No.51、死神No.270は信じるな
記憶を奪ったのは、彼女たちだ』

間違いなく、生存フラグの筆跡と似顔絵。

「な、なんですかこれ!? どうして生存フラグさん、こんなことを書き込んだんでしょう……」

「フラグちゃん、それより」

モブ男はメモの一番下を指さす。

そこに書かれた計画に、フラグちゃんは驚愕した。

⚑ナナの思い

深夜二時の少し前。

天使No.7——ナナは、宮殿のバルコニーにいた。目の前には雲海が広がり、大きな月が一面を照らしている。

（じゅーいち、来てくれるかな）

告白前の少女のように、落ち着かない。

いや、ある意味告白以上に、人生の転機であろう。

これから生存フラグと二人で、地上で——人間界で暮らそうというのだから。

いわば駆け落ちだ。

（人間界に家も用意したケド、じゅーいち気に入ってくれるかな……あっ）

来た！

コート姿の生存フラグが、こちらへ歩いてくる。

「あなたが、ナナさんですね。私の親友の」

「うん。じゅーいち、来てくれたんだね。すっごく嬉しいよ！」

「はい。でもどうして、天界から出ていこうだなんて」

「……正直、天界にはもう、うんざりなんだよね」

ナナはバルコニーの手すりに腕を乗せ、遠くを見た。

「ウチは『幸運の天使』。文字通りとてつもない幸運のおかげで、優秀な成績も上げられた。友達もたくさんいる」

「いいことじゃないですか」

「うん。でも、ラッキーじゃどうしようもない事もあってさ……じゅーいちへの陰口とか」

『成績があがったのも、ナナのおこぼれだって噂じゃん』

『あんな足手まといに構ってたら、ナナの成績も落ちちゃうよ！』

「それに同調しないと『空気読めない』とか言われたり……やめようって言っても、暖簾に腕押し……もうイヤなの」

だから、とナナは泣き笑いで、

「昔のじゅーいちといるときが、一番幸せだったなって……」

「……もしかして私の記憶を奪ったのは、ナナさん？」

「……」

「どうせ十分で記憶がリセットされるんだし、教えていただけませんか？」

「そだね～……」

ナナが、ピコピコハンマーのようなものを取り出した。

「天界アイテム『記憶ハンマー』。ピコッと叩いた相手を、記憶喪失にできるの」

どこから、どこまでの記憶を失わせるか。

十分ごとにリセット、なども調整できる。

解除スイッチを押せば、対象はすぐ元通りになる。

「それを一体、どこで」

「もらったんだ。他人のクセを真似るアイテム『クセマネール錠』と一緒にね」

生存フラグの筆跡などを真似たノートを作り、すりかえることで、彼女を操ったというわけだ。

「誰からもらったんですか？」

「……そんなこと、どうでもいーじゃん！」

ナナは、生存フラグを強く抱きしめる。

「二人っきりで幸せに暮らそう。大事なのはそれだけ」

「………ぐっ」

「？」

「………………ぐひひ」

「!!」

ナナが慌てて飛びすさり、指さす。

「キミ……じゅーいちじゃないね！　じゅーいちはそんな、下品な笑い方しない！」

「ふふふ、気づいたか……」

生存フラグの姿の者は、己を親指でさして、

「俺の名は、モブ男!!」

「ええっ、人間№1!?」

「コンソメ丸のお手柄で、計画が書かれたノートを見ることができてね。天界アイテム『入れ替わりライト』で、生存フラグさんと入れ替わったってわけさ。本物は、あそこ」

離れた場所で、モブ男の姿の者が泣き叫んでいる。

「いやぁあああああ!! どうして私、男に!? しかも身体が臭い!! 何日風呂に入ってないの!? 臭い!!」

臭い男の身体になるのは、なかなかの地獄だろう。フラグちゃんが必死になだめている。

ナナが、エメラルド色の瞳に涙を浮かべ、

「そんな不潔な身体と入れ替えるなんて……じゅーいちになんてことするの!!」

「そこは意図してないよ!?」

モブ男も傷ついた。

そこへ失恋フラグ、神様、死神№1、死神№13も現れる。

モブ男たちと、あらかじめ打ち合わせしておいたのだ。ナナはもう袋のネズミだ。

表情をゆがめるナナに、神様が悲痛な声で、

「天使No.7、君はそれほどまでに、思い詰めていたのか……！」

「神様……」

ナナが力なく目をそらす。

死神No.13が大鎌をふりかざし、

「天使No.7。天界アイテムを使って同僚の記憶を奪い、人間界へ駆け落ちしようなど、何を考えているのですか」

「そうそう。駆け落ちなんて素敵……じゃなくて、ちゃんと話し合うべきだよ！」

失恋フラグも続く。カプ厨らしい本音も出たが。

フラグちゃんが両手を組んで生存フラグさんの記憶を戻して下さい！」

「そのためにも、生存フラグさんの記憶を戻して下さい！」

「でも、そうすると……」

ナナは、へたりこんだ。途方に暮れた子供のように、

「じゅーいちに、また避けられちゃうもん……！　もう拒絶されるの、イヤなの……!!」

痛ましい姿に、皆の胸がつまる。

フラグちゃんは、ナナの前に膝をつき、

「大丈夫です。生存フラグさんは、貴方と向き合おうとしてたんですから」

「ウソ、じゅーいちが、ウチと……？」

ナナの心が揺れる。

『記憶ハンマー』の解除スイッチを見つめている。だがなかなか思い切りがつかないようだ。

「ポチッとな」

「あっ……」

モブ男（お）が代わりに押す。

同時に彼は『入れ替わりライト』も解除した。これで完全に元通りになった。

「!!」

ナナと生存フラグ。

友情は永遠だと信じていた少女二人が、見つめ合う。だが、互いにどうしていいか分からないようで……話の口火を切れずにいた。

すると、今度は恋愛フラグが現れた。

「やっほ～」

「あ、れんれん！　今までどうしてたの？　せーちゃんの付き添いもあまりやらなかったけど」

「ちょっとね～。せーちゃんの話に違和感があったから、調査してたんだ」

「違和感？」

「普段冷静なせーちゃんの、怒りと嫉妬が爆発し――ナナさんの友達二人に暴力をふるったこと。そして、ナナさんと絶交した時のことだよ」

ナナと生存フラグの表情がゆがむ。共に、生まれてから最悪の日だったのだ。

「で、ボク、その友達二人に聞いてみたんだ。『ぶっちゃけバスソルト』を使ってね」

本音を漏らしてしまう入浴剤だ。以前に神様が、死神No.1の企みを聞き出すために利用したこともある。

「それをスマホで録音したのが、これ」

音声を再生する恋愛フラグ。大浴場で録ったのか、音が多少ひびいている。

「絶交の日、キミたちが何をしたか、ボクに教えて？」

「アタシたち、ナナとNo.11の仲を裂こうと思ったの。だから『憤怒』と『嫉妬』が風呂にはいっている隙に、脱衣所から『憤怒の指輪』と『嫉妬の指輪』を拝借したってわけ」

「うんうん。それから？」

「指輪を、別の友人に渡して、私たち二人がナナの悪口を言ったタイミングで、No.11の傍で『憤怒の指輪』と『嫉妬の指輪』を使ってもらった」

「な……！」

ワナワナと震える生存フラグ。確かにあの日、大罪シスターズも風呂に入っていた。

（脱衣所へ出た際、ナナの友人が慌てて逃げていったのは、そういうわけか）

録音は続く。

「どうしてキミたちは、そんな事を？」

「だって№11が、邪魔だったんだもの」

「そうそう。ちょっと上手（うま）く行き始めただけの陰キャのくせに、ちょーしこいて、ナナといるからさ。身分わきまえろっての」

「スカッとしたよね～。あたしたちに頭を下げた時なんか、ホント傑作だった」

「ふーん…………そーいう事だろうと思ってたので、大罪シスターズの皆さんに来ていただきました☆」

「てめーら……よくも、あーしらの指輪を勝手に!!」

「キャハ☆　偽乳（にせちち）の筋書き通りなのはシャクだけど、許せな～い!!」

「「ぎゃあああああ!!」」

身の毛もよだつ悲鳴で、録音は終わった。

ナナは呆然と口をあけた。

あまりのことに、笑いが漏れる。

「はは……何それ。あの子たちが陥れたんだ……じゅーいちは、悪くなかった……」

「……いや」

生存フラグは激しく首を横に振る。

顔に手を当て、苦しげにうめいた。

「『憤怒の指輪』も『嫉妬の指輪』も、気持ちを増幅させるものじゃ。0を100にはできん」

「えっ」

「わしは、ナナが他のヤツと喋ってるのが嫌じゃった。わしだけを見て欲しかった。お前の実力に嫉妬していたのも、確かじゃ。その憎悪と嫉妬を、ヤツらに利用されたのじゃ」

血が出るほど唇をかみしめ、

「ナナを罵倒して、一方的に別れを告げた……その後も酷い対応をして、おぬしを深く傷つけ続けた……！」

そして生存フラグは。

土下座した。

「すまなかった――――――――!!」

「ええぇ――――!!」

ナナだけでなく、フラグちゃん、恋愛フラグ、失恋フラグ、神様、No.1、No.13も驚きの声をあげる。

モブ男が、ビシッと親指を立てた。

「生存フラグさん、気持ちがこもった、いい土下座だよ」

「土下座の権威ですか」

フラグちゃんがピコピコハンマーで叩く。

ナナは膝をつき、生存フラグの肩に手を置いて、

「じゅーいち、やめて。ウチだって……憎悪と嫉妬だらけだよ。陰口ばかりの周りは嫌い。何よりじゅーいちが、ウチから離れていったのに、新しい友達には笑顔を見せてたのが……寂しくて妬ましくて……」

ナナの翼が、さらに黒く染まっていく。

死神No.1が警戒を強めた。

「まずい、堕天しかけています！　このままでは堕天使になってしまう！」

ナナは頭を抱える。激しい痛みに襲われているようだ。

「だ、だから記憶を奪ったんだ。じゅーいちには、ウチさえいればいいと思ったから」

「そうじゃったのか……」

「とても許されない。じゅーいちには、友達との思い出が沢山あるのに……ウチは……っ」

もう翼の半分近くが黒い。このままでは……！

フラグちゃんと失恋フラグが、懸命に呼びかける。

「大丈夫です！　ナナさんは思いとどまりました。だからそんなに自分を責めないで！」

「そうだよ！　嫉妬なんて誰だってするよ！　アタシもれんれんをストーカーしたり、モブくんの彼女になりすましたり、チョウチンアンコウになって一体化したことあるもん!!」

「えぇ……!?」

ドン引きする№1の隣で、死神№13も続く。

「そうです！　死神№1だって、後輩たちを殺しかけておきながら、元気に日常生活送ってるんですよ！」

「ううっ、胸が痛い!!」

死神№1がダメージを受ける。

神様も必死に、

「いいかい天使№７。本当に悪いのはキミじゃない。倉庫から天界アイテムを持ち出し、それを君に渡し、そそのかした者だ。№７がどんなに素晴らしい天使か、僕も天使№11も知っているよ！」

「神様……みんな……」

ナナが苦しそうに己の翼を見つめる。

すでに大部分が黒く染まっている。

「でもウチ……もうダメだよ。ここまで堕天しかけてたら……」

「俺がなんとかするよ」

そう言った男に、皆の注目が集まる。

ナナが当惑し、

「キミは………身体が臭い人」

「モブ男だよ！」

「キミに、何ができるっていうの？」

「君を元に戻してみせる。なにせ俺は——」

モブ男は己を指さして、

「天使や死神を導く『練習台』だからね！」

エピローグ

その様子を、破滅フラグは柱の陰から見ていた。

瞳には残酷な光が宿っており、普段のイタズラっぽさは微塵(みじん)もない。艶(つや)やかだった黒髪も白くなっていた。

「あ〜あ、もう一押しなのに、ナナさん粘るなぁ」

でもまあ、堕天は時間の問題だろう。

「それにしても、先輩のあの言葉、すっごく参考になったなあ！」

『人をあなどらず、よく見るんです。何に喜んで、何を悲しむのか。そうすると相手の気持ちが、ちょっぴりわかるようになります』

生存フラグへ執着していた、ナナ。

その気持ちをよく知ることで、もう少しで堕天させるところまで持っていけた。

皮肉をこめて微笑む。

「先輩、本当にありがとう」

——そして。

再び髪が黒く変わっていく。

「あれ？　一体、ぼくは何を」

バルコニーでは、生存フラグ——そしてフラグちゃんたちがナナを介抱していた。

皆の悲しげな顔に、胸が痛む。

（手伝わなきゃ）

先輩たちの助けになりたい。破滅フラグは駆け出した。

あとがき

どうもこんにちは。壱日千次です。

『全力回避フラグちゃん！』のライトノベル六巻を手にとっていただきありがとうございます。

お楽しみいただければ嬉しいです。

あと現在、コミックアルナ様で、原田靖生先生による漫画が連載中です。

コミックス一巻も発売中ですので、動画やラノベ同様、こちらもお楽しみいただければと思います。

それでは謝辞に移ります。

原作者のｂｉｋｉ先生、株式会社Ｐｌｏｔｔ様には、六巻でも様々なアドバイスやご指摘をいただきました。ありがとうございます。

担当編集のA様、N様、S様も、お力をお貸し頂き感謝申し上げます。

さとうぽて先生、イラスト毎回すごいクオリティです。ありがとうございます。

それでは、またお会いできれば幸いです。

壱日千次

コミックでも
死亡フラグちゃん、
大活躍！？
全力回避フラグちゃん！
YouTube
登録者数189万人
オーバー！
（2024年4月16日現在）
information
月刊コミック
アルナで
コミカライズ版
大好評連載中!

ファンレター、作品のご感想をお待ちしています

あて先

〒102-0071　東京都千代田区富士見2-13-12
株式会社KADOKAWA　MF文庫J編集部気付

「壱日千次先生」係　「さとうぽて先生」係　「Plott」係　「biki先生」係

MF文庫J https://mfbunkoj.jp/

MF文庫J

全力回避フラグちゃん！6

2024年 5月25日　初版発行
2024年10月30日　再版発行

著者　壱日千次
原作　Plott、biki
発行者　山下直久
発行　株式会社KADOKAWA
〒102-8177 東京都千代田区富士見2-13-3
0570-002-301（ナビダイヤル）
印刷　株式会社KADOKAWA
製本　株式会社KADOKAWA

Printed in Japan　ISBN 978-4-04-683608-3 C0193

●お問い合わせ
https://www.kadokawa.co.jp/（「お問い合わせ」へお進みください）
※内容によっては、お答えできない場合があります。
※サポートは日本国内のみとさせていただきます。
※Japanese text only

◆◇◇

グッバイ宣言シリーズ

好 評 発 売 中

著者：三月みどり　イラスト：アルセチカ

原作・監修：Chinozo

青い春に狂い咲け!

INFORMATION